Maigret
Band M28

Georges Simenon, geboren 1903 im belgischen Lüttich, gestorben 1989 in Lausanne, gilt als der »meistgelesene, meistübersetzte, meistverfilmte, mit einem Wort: der erfolgreichste Schriftsteller des 20. Jahrhunderts« *(Die Zeit)*. Seine erstaunliche literarische Produktivität (75 Maigret-Romane, über 117 weitere Romane), viele Ortswechsel, zwei Ehen und unzählige Frauen bestimmten sein Leben. Rastlos bereiste er die Welt, immer auf der Suche nach dem, »was bei allen Menschen gleich ist«. Das macht seine Bücher bis heute so zeitlos.

Georges Simenon

Maigret macht Ferien

Roman

Aus dem Französischen von
Jean Raimond und Bärbel Brands

Atlantik

Die französische Originalausgabe erschien 1948 unter dem Titel
Les vacances de Maigret im Verlag Presses de la Cité, Paris.
Die deutsche Erstausgabe erschien 1957 unter dem Titel
Maigret nimmt Urlaub im Verlag Kiepenheuer & Witsch.
Die Übersetzung wurde für die vorliegende Ausgabe von
Bärbel Brands grundlegend überarbeitet.

Atlantik ist ein Imprint des
Hoffmann und Campe Verlags, Hamburg.

2. Auflage 2024
Copyright © 1948 by Georges Simenon Limited
GEORGES SIMENON ® Simenon.tm
MAIGRET ® Georges Simenon Limited
All rights reserved
Copyright für die deutschen Rechte
© 2019 by Kampa Verlag AG, Zürich
Copyright für diese Ausgabe
© 2023 Hoffmann und Campe Verlag, Hamburg
www.hoffmann-und-campe.de
Umschlaggestaltung: © Rothfos & Gabler, Hamburg
Umschlagabbildung: © Plainpicture / Elise Ortiou Campion
Satz: Tristan Walkhoefer, Leipzig
Gesetzt aus der Stempel Garamond und der Ano
Druck und Bindung: GGP Media GmbH, Pößneck
ISBN 978-3-455-00731-2

HOFFMANN
UND CAMPE

Ein Unternehmen der
GANSKE VERLAGSGRUPPE

1

Die holprige Pflasterstraße war so schmal wie alle Straßen in dieser Gegend, dem alten Viertel von Les Sables-d'Olonne. Von den Gehsteigen musste man hinuntertreten, sobald einem jemand entgegenkam. Das stattliche zweiflügelige Portal an der Ecke war von einem satten Dunkelgrün, das in der Sonne schimmerte, und mit zwei blankpolierten Messingklopfern versehen, wie man sie nur noch bei Landnotaren oder Klöstern vorfindet.

Davor parkten zwei große glänzende Wagen, die einen ähnlichen Eindruck von Makellosigkeit und Komfort hinterließen. Maigret kannte sie, sie gehörten den Chirurgen.

»Ich hätte auch Chirurg werden können«, dachte er, »und so einen Wagen besitzen.«

Vermutlich nicht gerade Chirurg, aber er wäre tatsächlich beinahe Arzt geworden. Er hatte ein Studium der Medizin begonnen und sehnte sich manchmal danach zurück. Wäre sein Vater nicht drei Jahre zu früh gestorben …

Bevor er auf das Tor zuging, zog er die Uhr aus der Tasche; es war drei. Im selben Augenblick ertönte dünn die Glocke der kleinen Kapelle und gleich darauf jene der Kirche Notre-Dame, deren voller Klang über die Dächer der kleinen Häuser der Stadt hinweggetragen wurde.

Er seufzte und drückte den Klingelknopf. Er seufzte, weil es ihm albern erschien, jeden Tag zur gleichen Zeit die Uhr aus der Tasche zu ziehen. Er seufzte, weil es ihm nicht weniger albern erschien, immer um Punkt drei zu kommen, als hinge das Schicksal der Welt davon ab. Und er seufzte, weil er sich nun, wie auch an den Tagen zuvor, während das Tor mit seiner gut geölten Mechanik geräuschlos aufsprang, in einen anderen Mann verwandeln würde.

Eigentlich nicht einmal in einen anderen Mann. Seine Schultern blieben dieselben wuchtigen Schultern des Kommissar Maigret, und auch sein Körper verlor nicht an Gewicht.

Aber kaum hatte er den hellen, weitläufigen Flur betreten, fühlte er sich wie ein Kind; wie der Junge, der in seinem Heimatdorf im Allier noch vor Sonnenaufgang, mit vor Kälte aufgesprungenen Händen und geröteter Nase, die Luft angehalten hatte und auf Zehenspitzen in die Sakristei geschlichen war, um sein Ministrantengewand anzulegen.

Die Atmosphäre hier war ganz ähnlich. Kein Weihrauch, dafür ein süßlicher Arzneigeruch, jedoch nicht der abscheuliche Gestank der Krankenhäuser. Ein unbestimmter Duft, feiner, *erhabener*.

Man ging über einen unvergleichlich weichen Linoleumboden. Die mit Ölfarbe gestrichenen Wände waren glatter und ihr Weiß satter als an irgendeinem anderen Ort. Selbst diese laue Luft, diese tiefe Stille fand man sonst nur in einem Kloster.

Er wandte sich wie aufgezogen nach rechts, verbeugte sich zum Gruß wie der Ministrant vor dem Altar und murmelte:

»Guten Tag, Schwester.«

In einem blitzeblanken gläsernen Büro mit eingelassenem Schalter saß eine Schwester mit Haube vor einem Register, lächelte und sagte:

»Guten Tag, Monsieur 6. Ich frage gleich nach, ob Sie hinaufgehen dürfen. Unserer lieben Patientin geht es zunehmend besser …«

Das war Schwester Aurélie. Im gewöhnlichen Leben hätte sie vermutlich ausgesehen wie eine fünfzigjährige Frau, aber unter der weißen Haube erschien ihr Gesicht alterslos und glatt wie ein Karamellbonbon.

»Hallo …«, sagte sie leise. »Sind Sie es, Schwester Marie des Anges? Monsieur 6 ist hier …«

Maigret ärgerte sich nicht, er wurde nicht einmal ungeduldig. Weiß Gott, wozu dieses wiederkehrende Zeremoniell nötig war. Man erwartete ihn wie immer. Man wusste, dass er Punkt drei kommen würde, und den Weg in den ersten Stock fand er auch allein.

Aber nein, sie hielten an ihren Gewohnheiten fest. Schwester Aurélie lächelte ihm zu, und er blickte zur Treppe mit dem roten Läufer, auf der jeden Moment Schwester Marie des Anges erscheinen würde.

Auch sie lächelte, die Hände in den weiten Ärmeln ihrer grauen Tracht.

»Wenn Sie mir folgen wollen, Monsieur 6?«

Gleich würde sie ihm zuflüstern:

»Unserer lieben Patientin geht es zunehmend besser ...«

Als wäre das eine überwältigende Neuigkeit oder sogar ein Geheimnis.

Er ging auf Zehenspitzen und wäre womöglich rot geworden, wenn unter seinem Gewicht eine Stufe geknarzt hätte. Beim Sprechen wandte er sich ab, weil er um seinen Calvados-Atem fürchtete; nach dem Essen genehmigte er sich immer ein Gläschen.

Breite spindelförmige Sonnenstrahlen fielen schräg in den Gang, wie auf einem Heiligenbild. Hin und wieder kam ihm ein Rollbett mit einer Patientin entgegen, die zum Operationssaal geschoben wurde und von der er nur den starren Blick in Erinnerung behielt.

Und wie zufällig stand Schwester Aldegonde wieder einmal in der Tür des großen Saals mit den zwanzig Betten, als hätte sie dort etwas zu tun, nur um ihn im Vorübergehen mit einem ergebenen Lächeln zu grüßen:

»Guten Tag, Monsieur 6 ...«

Ein paar Schritte weiter stieß Schwester Marie des Anges die Tür mit der Nummer 6 auf und trat zur Seite.

Aufrecht im Bett sitzend, mit einem merkwürdigen Ausdruck auf dem etwas blassen Gesicht, blickte ihm eine Frau entgegen. Es war Madame Maigret. Immer schien sie sagen zu wollen:

»Mein armer Maigret, wie hast du dich verändert ...«

Warum ging er noch immer auf Zehenspitzen, sprach mit leiser Stimme, die gar nicht zu ihm passte, und bewegte sich so umsichtig wie in einem Porzellanladen? Er küsste sie auf die Stirn, sah die Orangen und die Kekse auf dem Nachttisch und auf der Bettdecke das Strickzeug, das ihn augenblicklich in Wut versetzte.

»Schon wieder?«

»Schwester Marie des Anges hat mir erlaubt, ein wenig zu stricken ...«

Ein weiteres Ritual war, der alten Dame im Bett nebenan Guten Tag zu sagen. Madame Maigret hatte kein Einzelzimmer.

»Guten Tag, Mademoiselle Rinquet.«

Sie sah ihn mit ihren kleinen lebhaften und kalten Augen an. Seine Besuche vergrätzten sie. Während er da war, behielt ihr zerknittertes Gesicht einen mürrischen Ausdruck.

»Setz dich, mein armer Maigret ...«

Sie war die Kranke. Und *sie* hatte man dringend operieren müssen, drei Tage nachdem sie in Les Sables eingetroffen waren, um ihre Ferien dort zu verbringen. Und nun war *er* der »arme« Maigret.

Es war viel zu heiß. Und dennoch hätte er um keinen Preis das Jackett ausgezogen.

Schwester Marie des Anges trat von Zeit zu Zeit ein, um ein Glas Wasser zu verrücken, ein Thermometer zu bringen oder irgendetwas anderes, weiß Gott warum.

Jedes Mal flüsterte sie:

»Verzeihung ...«, und warf einen Blick auf Maigret.

Madame Maigret hingegen stellte ihm jeden Tag die gleiche Frage:

»Was hast du gegessen?«

Die Frage war durchaus nicht abwegig. Was hätte er denn anderes tun können als essen und trinken? Und in der Tat hatte er in seinem ganzen Leben noch nie so viel getrunken.

Am Tag nach der Operation hatte der Chirurg gesagt:

»Nur eine halbe Stunde!«

Nun war es zur Regel geworden. Er blieb eine halbe Stunde und hatte nichts zu sagen. Allein die Anwesenheit der zornigen alten Jungfer hinderte ihn daran, den Mund aufzumachen. Was erzählte er seiner Frau eigentlich sonst, wenn sie allein waren? Die Frage drängte sich ihm auf. Nichts, im Grunde. Warum also fehlte sie ihm den lieben langen Tag so sehr?

An ihrem Bett tat er nichts anderes als warten. Er wartete, bis die halbe Stunde um war. Nach wenigen Minuten nahm Madame Maigret ihr Strickzeug zur Hand, um Haltung zu wahren. Da sie Mademoiselle Rinquets Anwesenheit Tag und Nacht ertragen musste, nahm sie auf sie Rücksicht. Wann immer sie etwas sagte, beeilte sie sich hinzuzufügen:

»Nicht wahr, Mademoiselle Rinquet?«

Dann zwinkerte sie Maigret zu, und er erriet, dass die Damen einander ihre Wehwehchen nicht zumuten mochten. Vor allem Madame Maigret scheute sich davor, umso mehr, als sie nebeneinander ans Bett gefesselt waren.

»Ich habe meiner Schwester eine Karte geschrieben. Sei so gut und bring sie zur Post.«

Er hatte die Ansichtskarte, auf der die Klinik mit ihrer hübschen weißen Fassade und dem grünen Tor zu sehen war, in die linke Tasche seines Jacketts gesteckt.

Ein belangloses Detail. Linke Tasche? Rechte Tasche? Diese Frage sollte ihm am selben Abend um elf Uhr noch zu schaffen machen.

Seit vielen Jahren, seit jeher sozusagen, hatte jede seiner Taschen eine eigene Bestimmung. In die linke

Hosentasche gehörten der Tabakbeutel und das Taschentuch – sodass es immer voller Tabakkrümel war. In die rechte die beiden Pfeifen und das Kleingeld. Hinten links, vollgestopft mit unnützen Papieren, die Brieftasche, die eine Gesäßhälfte dicker erscheinen ließ.

Schlüssel trug er nie bei sich. Und wenn doch, verlor er sie. In die Taschen seines Jacketts steckte er kaum etwas, vielleicht eine Streichholzschachtel in die rechte. So hatte er Platz für Zeitungen oder Briefe, die er in die linke Tasche schob.

Hatte er das auch an diesem Tag getan? Vermutlich. Er hatte am Milchglasfenster gesessen. Schwester Marie des Anges war zwei- oder dreimal hereingekommen und hatte verstohlen, jedoch mit Nachdruck in seine Richtung geblickt. Sie war sehr jung, ihr Gesicht glatt und rosig.

Ein Dummkopf hätte vielleicht behauptet, sie sei in ihn verliebt, denn sie hatte es immer sehr eilig, ihn an der Treppe abzuholen, und verhielt sich ungeschickt, wenn er im Zimmer war.

Er wusste es besser, im Grunde rührte ihr Verhalten von einer kindlichen Naivität und Unbedarftheit.

Allein ihr Einfall, ihn Monsieur 6 zu nennen, um ihn vor der Neugier der Leute zu schützen, die ihm zuwider war. Er mochte es nicht, wenn man mit seinem Namen hausieren ging. Er hatte schließlich Ferien.

Aber womöglich gefielen ihm die Ferien in Wahrheit überhaupt nicht. Das ganze Jahr hatte er geklagt, sich nach ein paar ruhigen Tagen gesehnt, nach leeren Stunden, die sich endlos aneinanderreihten und über die er frei verfügen konnte, Tage ohne Verpflichtungen, ohne Termine. In Paris, in seinem Büro am Quai des Orfèvres war ihm das wie ein unvorstellbares Glück vorgekommen.

Fehlte ihm nun etwa Madame Maigret?

Nein. Er kannte sich. Er grummelte. Er grollte. Und wusste doch, dass es ihm mit diesem Urlaub nicht anders ergehen würde als mit allen anderen. In sechs Monaten, in einem Jahr würde er denken:

»Du lieber Himmel, wie gut ging es mir doch in Les Sables …«

Diese Klinik, in der er sich so unbehaglich fühlte, würde ihm wie ein zauberhafter Ort vorkommen, und mit Rührung würde er an das unschuldige, leicht errötende Gesicht von Schwester Marie des Anges zurückdenken.

Er zog niemals seine Uhr hervor, bevor die Glocke der kleinen Kapelle nicht halb vier geschlagen hatte. Er gab sogar vor, er hätte sie nicht gehört. Ob Madame Maigret sich tatsächlich täuschen ließ? Denn immer war sie es, die sagte:

»Es ist Zeit, Maigret …«

»Ich rufe dich morgen früh an«, erklärte er, während er sich erhob. Als wäre das eine große Neuigkeit.

13

Er rief jeden Morgen an. Im Zimmer gab es kein Telefon, aber Schwester Aurélie am Empfang antwortete stets:

»Unsere liebe Patientin hatte eine ausgezeichnete Nacht.«

Bisweilen fügte sie hinzu:

»Der Herr Pfarrer wird ihr gleich Gesellschaft leisten.«

Seine Tage verliefen geregelter als die eines Häftlings im Zuchthaus von Fresnes. Er verabscheute Verpflichtungen. Allein der Gedanke, sich zu einer bestimmten Zeit an einem bestimmten Ort einfinden zu müssen, brachte ihn in Rage. Nun hatte er sich selbst einen Zeitplan erstellt und folgte ihm gewissenhafter als die Eisenbahn.

In welchem Augenblick mochte wohl der Zettel in seine linke Jackentasche gesteckt worden sein?

Er war kariert, wahrscheinlich aus einem Notizbuch gerissen. Die Wörter darauf waren mit Bleistift geschrieben, in einer gleichmäßigen und, wie ihm schien, weiblichen Handschrift.

Suchen Sie aus Barmherzigkeit die Patientin in Zimmer 15 auf.

Die Unterschrift fehlte. Nur diese Worte. Er hatte die Ansichtskarte seiner Frau in die linke Tasche gesteckt. War der Zettel schon dort gewesen? Möglich. Er hatte seine Hand vielleicht nicht sehr tief in die Tasche geschoben.

Aber als er die Karte schließlich in den Briefkasten an der Markthalle geworfen hatte?

Vor allem irritierten ihn zwei Wörter: *aus Barmherzigkeit.*

Warum aus Barmherzigkeit? Wer ihn sprechen wollte, konnte es einfach tun. Er war doch nicht der Papst.

Aus Barmherzigkeit … Das passte zu der süßlichen Atmosphäre, die ihn jeden Nachmittag einhüllte, zu dem wie mit einem Radiergummi verwischten Lächeln der Schwestern und den scheuen Seitenblicken von Schwester Marie des Anges.

Nein! Er zuckte mit den Schultern. Die Vorstellung, Schwester Marie des Anges könnte ihm einen Zettel in die Tasche gesteckt haben, lag im fern. Eher noch Schwester Aldegonde, die immer genau dann im Flur vor dem großen Saal etwas zu schaffen hatte, wenn er vorüberging. Schwester Aurélie hingegen saß immer hinter ihrer Scheibe am Empfang.

Obwohl … Ihm fiel ein, dass sie, als er hinausgehen wollte, vor ihrem Büro gestanden und ihn bis zur Tür begleitet hatte.

Und da er schon einmal dabei war – warum nicht die alte Mademoiselle Rinquet? Er hatte ihr Bett gestreift. Oder Doktor Bertrand? Ihm war er auf der Treppe begegnet …

Er wollte nicht darüber nachdenken. Im Übrigen war es sinnlos. Er hatte den Zettel abends um halb elf gefunden. Kaum war er im Hôtel Bel Air auf seinem Zimmer angelangt, hatte er wie immer, bevor er sich auszog, seine Taschen geleert und den Inhalt auf die Kommode gelegt.

Wie an den Tagen zuvor hatte er viel getrunken. Das war weder seine Schuld noch seine Absicht gewesen. Die Tage in Les Sables hatten ihm diesen Rhythmus vorgegeben.

So musste er zum Beispiel schon morgens um neun, kaum dass er die Treppe heruntergekommen war, ein Glas trinken.

Um acht brachte ihm Julie, das kleinere der beiden Zimmermädchen mit den dunkleren Haaren, den Kaffee ans Bett. Warum stellte er sich schlafend, wo er doch schon seit sechs Uhr wach war?

Auch so eine Angewohnheit. Urlaub bedeutete auszuschlafen. Dreihundertzwanzig Tage im Jahr und öfter stand er im Morgengrauen auf, und jedes Mal schwor er sich:

»Wenn ich erst in den Ferien bin, werde ich mich richtig ausschlafen!«

Sein Zimmer lag zum Meer hin. Es war August. Er schlief bei offenem Fenster. Die Vorhänge aus altem rotem Rips ließen sich nicht zuziehen, und so sorgten sowohl das Sonnenlicht als auch das Rauschen der Brandung am Sandstrand dafür, ihn zu wecken.

Gleich darauf übernahm die Dame aus Nummer 3. Sie hatte gemeinsam mit ihren vier Kindern im Alter zwischen sechs Monaten und acht Jahren das Zimmer zu seiner Linken bezogen.

Eine Stunde lang Gebrüll, Gezeter, ein Hin und Her. Maigret sah deutlich vor sich, wie sich die Dame mit ihrer nörgelnden Brut herumschlug: halb angekleidet, barfuß in Latschen, mit offenen Haaren. Den einen steckte sie in die Ecke, den anderen ins Bett, der Älteste fing sich eine Ohrfeige und weinte, den Schuh der Kleinen konnte sie nirgendwo finden und verzweifelte schließlich daran, den Kocher in Gang zu bringen, um das Fläschchen für das Jüngste aufzuwärmen. Der Spiritusgeruch drang unter der Verbindungstür hindurch bis zu seinem Bett.

Die beiden Alten zu seiner Rechten veranstalteten ein anderes Theater. Sie redeten ununterbrochen, mit gedämpften Stimmen und so monoton, dass man die des Mannes von der der Frau nicht unterscheiden und bald meinen konnte, sie beteten Psalmen herunter.

Wollte man in das Etagenbad, musste man den Geräuschen des Abflusses und der Wasserspülung lauschen, um den richtigen Moment abzupassen. Maigrets Zimmer hatte einen kleinen Balkon, und er trat im Morgenmantel hinaus. Die Aussicht war herrlich: der breite, blendende Strand und auf dem Meer blaue und weiße Segel. Er sah zu, wie man die gestreiften Sonnenschirme aufstellte und die ersten Knirpse in ihren roten Badeanzügen auftauchten.

Wenn er hinunterging, frisch rasiert, einen Rest Seifenschaum an den Ohren, war er schon bei der dritten Pfeife.

Was trieb ihn dazu, den Weg durch die Hinterräume zu nehmen? Er hätte, wie alle anderen, durch den hellen Speisesaal hinausgehen können, den Germaine, das dickliche Zimmermädchen mit dem unerhörten Busen, gerade bohnerte.

Aber nein. Er stieß die Tür zum Esszimmer der Wirtsleute auf und dann die zur Küche. Um diese Zeit trug Madame Léonard die Brille auf der Nase und besprach mit dem Koch die Speisekarte. Wie auf Knopfdruck tauchte Monsieur Léonard aus dem Keller auf. Man sah ihn immer aus dem Keller kommen, ganz gleich zu welcher Tageszeit, dabei machte er einen eher nüchternen Eindruck.

»Schöner Tag heute, Herr Kommissar ...«

Monsieur Léonard trug Pantoffeln und hatte seine Hemdsärmel aufgekrempelt. Schüsseln voller grüner Erbsen, frisch geschälter Karotten, Porree, Kartoffeln standen bereit. Auf der weißen Tischplatte lagen blutige Fleischstücke; Seezungen und Steinbutte warteten darauf, geschuppt zu werden.

»Wie wäre es mit einem Schluck Weißen, Herr Kommissar?«

Das war der erste am Tag. Der Schluck Weißwein vom Wirt. Übrigens ein ausgezeichneter leichter Wein, der ins Grünliche hinüberspielte.

Maigret konnte sich doch nicht zwischen all die Mütter an den Strand setzen. Er spazierte über die Uferpromenade, den Remblai. Hin und wieder blieb er stehen und betrachtete das Meer, die zunehmende Anzahl bunter Gestalten in der seichten Brandung. Beim Stadtzentrum bog er rechts ab und gelangte über einen schmalen Weg zur Markthalle.

Andächtig schlenderte er von Stand zu Stand, ganz so, als hätte er vierzig Personen zu versorgen. Besonders aufmerksam betrachtete er die zappelnden Fische, die Schalentiere, hielt einem Hummer ein Streichholz hin, der sogleich mit seinen Scheren danach griff …

Der zweite Weißwein. Denn gleich gegenüber gab es ein kleines Bistro, zu dem es eine Stufe hinunterging. Es bildete sozusagen die Verlängerung des Marktplatzes, der seine angenehmen Gerüche bis dorthin verströmte.

Anschließend ging er an der Kirche Notre-Dame vorbei, um eine Zeitung zu kaufen. Sollte er die etwa auf seinem Zimmer lesen?

Er kehrte auf den Remblai zurück und setzte sich vor ein Café, immer an denselben Tisch. Und immer zögerte er, wenn der Kellner seine Bestellung aufnehmen wollte. Als müsste er darüber nachdenken!

»Ein Glas Weißwein, bitte ...«

Es hatte sich eben so ergeben. Zu Hause trank er bisweilen monatelang keinen Weißwein.

Um elf Uhr ging er ins Café hinein, um die Klinik anzurufen und Schwester Aurélie mit ihrer butterweichen Stimme sagen zu hören:

»Unsere liebe Patientin hatte eine ausgezeichnete Nacht ...«

So hatte er es eingerichtet, sich tagaus, tagein zu einer gewissen Stunde an einem gewissen Ort einzufinden. Auch im Speisesaal des Hotels hatte er sein Plätzchen gefunden, am Fenster, gegenüber dem Tisch seiner beiden alten Zimmernachbarn.

Am ersten Tag hatte er nach dem Kaffee einen Calvados bestellt. Seither fragte ihn Germaine zwangsläufig:

»Einen Calvados, Herr Kommissar?«

Er traute sich nicht, Nein zu sagen, und fühlte sich bald wie benommen.

Die Sonne brannte manchmal so stark, dass der Asphalt der Promenade unter den Sohlen schmolz und sich das Profil der Autoreifen darin eindrückte.

Maigret ging in sein Zimmer hinauf, um Mittagsschlaf zu halten, allerdings nicht in seinem Bett, sondern im Sessel, den er auf den Balkon zog, und mit einer Zeitung, die er über sein Gesicht breitete.

Suchen Sie aus Barmherzigkeit die Patientin in
Zimmer 15 auf ...

Wie er nun von Stunde zu Stunde von einem Stammplatz zum nächsten wanderte, hätte man meinen
können, er gehöre ebenso zum Stadtbild wie die
Kartenspieler am Nachmittag. Dabei waren seine
Frau und er erst vor neun Tagen angereist. Am ersten Abend hatten sie Muscheln gegessen. Darauf
hatten sie sich schon in Paris gefreut: eine große
Schüssel fangfrischer Muscheln.

Prompt wurde beiden schlecht, und die Nacht-
ruhe ihrer Zimmernachbarn war dahin. Am nächsten Tag ging es ihm besser, aber Madame Maigret
beklagte sich am Strand über Bauchschmerzen. In
der zweiten Nacht bekam sie Fieber. Noch immer
glaubten sie, es sei nichts Schlimmes.

»Ich hätte es besser wissen müssen. Muscheln sind
mir noch nie bekommen ...«

Am übernächsten Tag litt sie solche Schmerzen,
dass man Doktor Bertrand rufen musste, der sie als
Notfall in die Klinik einwies. Das waren schwere
Stunden gewesen, Stunden der Ungewissheit, ein
Kommen und Gehen, neue Gesichter, Röntgenauf-
nahmen, Untersuchungen.

»Ich versichere Ihnen, Herr Doktor, es waren die
Muscheln«, sagte Madame Maigret immer wieder
und lächelte schwach.

Aber die Ärzte lächelten nicht, als sie Maigret beiseitenahmen.

Eine akute Blinddarmentzündung, die sofort operiert werden müsse, sonst drohe ein Durchbruch.

Während des Eingriffs ging er mit langen Schritten den Gang auf und ab, zusammen mit einem jungen Mann, der auf die Entbindung seiner Frau wartete und sich die Fingernägel blutig biss.

So war er zu Monsieur 6 geworden.

Sechs Tage reichen aus, um neue Gewohnheiten anzunehmen. Man lernt, geräuschlos zu gehen, Schwester Aurélie ein zuckersüßes Lächeln zu schenken, und auch Schwester Marie des Anges. Man ringt sich sogar ein Lächeln für die unausstehliche Mademoiselle Rinquet ab.

Woraufhin jemand die Gelegenheit nutzt, um einem einen albernen Zettel zuzustecken.

Wer lag überhaupt auf Nummer 15? Madame Maigret wusste es bestimmt. Sie alle kannten einander, ohne sich je zu Gesicht zu bekommen, wussten über fremde Angelegenheiten Bescheid. Manchmal erzählte sie ihrem Mann davon, diskret und mit gedämpfter Stimme wie in der Kirche.

»Die Dame auf Nummer 11 ist sehr nett und so lieb … Und dabei … Die Ärmste … Komm ein wenig näher …«

Und rasch murmelte sie:

»Brustkrebs …«

Dann warf sie einen Blick auf Mademoiselle Rinquet und senkte die Lider, um anzudeuten, dass auch sie Krebs hatte.

»Wenn du die hübsche junge Frau gesehen hättest, die man in den Saal gebracht hat ...«

Der Saal war das große Mehrbettzimmer. Auch in der Klinik gab es drei Klassen, wie in den Zügen: Der Saal entsprach der dritten Klasse, die Zimmer mit zwei Betten der zweiten, und an der Spitze waren die Einzelzimmer.

Wozu sich den Kopf zerbrechen? Das alles war doch lächerlich. In der Klinik ging es schon etwas albern zu. Verhielten sich die Schwestern nicht geradezu kindisch?

Und die Patienten erst, mit ihren Eifersüchteleien und ihrer Geheimniskrämerei und der grenzenlosen Gier nach Süßigkeiten, immer die Ohren gespitzt, ob nicht jemand durch den Gang kam.

Aus Barmherzigkeit ...

Durch diese beiden Wörter hatte sich die Frau verraten. Warum sollte die Patientin auf Nummer 15 ihn brauchen? Das konnte er doch nicht ernst nehmen, er würde sich keinesfalls an Schwester Aurélie wenden und sie um die Erlaubnis bitten, jemanden zu besuchen, dessen Namen er nicht einmal kannte.

Die Sonne schien unerträglich heiß auf den Strand

und die Stadt. Manchmal flirrte die Luft, und wenn man plötzlich in den Schatten trat, sah man eine ganze Weile nichts als Rot.

Nun denn! Maigret hatte seinen Mittagsschlaf beendet. Er faltete die Zeitung zusammen, warf das Jackett über die Schulter, zündete die Pfeife an und ging hinunter.

»Bis nachher, Herr Kommissar …«

Ein Gruß folgt auf den nächsten wie Segenssprüche, den lieben langen Tag. Alle waren sie freundlich und lächelten. Es ging ihm allmählich auf die Nerven, und er wurde mürrisch. Ein tüchtiger Platzregen, ein Streit mit jemandem, der darauf aus war, das hätte ihn erleichtert.

Das grüne Tor, der Glockenschlag um drei. Er brachte es nicht einmal fertig, die Uhr stecken zu lassen!

»Guten Tag, Schwester …«

Er hätte ebenso gut noch einen Knicks machen können. Auf zur Nächsten, Schwester Marie des Anges, die ihn bereits auf der Treppe erwartete.

»Guten Tag, Schwester …«

Und Monsieur 6 trat auf Zehenspitzen in das Zimmer von Madame Maigret.

»Wie geht es dir?«

Sie bemühte sich zu lächeln.

»Du hättest mir keine Orangen mitbringen müssen. Ich habe noch welche …«

»Du kennst doch sicher alle Patienten hier …«

Warum gab sie ihm ein Zeichen? Er drehte sich zu dem Bett von Mademoiselle Rinquet. Die alte Dame hatte ihren Kopf im Kissen vergraben und lag zur Wand gekehrt.

Er flüsterte:

»Geht es ihr nicht gut?«

»Es geht nicht um sie … Pst … Komm ein wenig näher.«

Eine Tuschelei wie in einem Mädchenpensionat.

»Heute Nacht ist jemand gestorben …«

Sie achtete auf Mademoiselle Rinquet, deren Bettdecke sich bewegte.

»Es war grauenhaft, man konnte ihre Schreie bis hierher hören. Und dann ist die Familie gekommen. Es hat über drei Stunden gedauert … Ein einziges Hin und Her. Wir haben uns fürchterlich erschreckt … Vor allem, als der Pfarrer zur Letzten Ölung kam. Sie hatten zwar das Licht im Flur gelöscht, aber alle wussten Bescheid …«

Fast gehaucht fügte Madame Maigret hinzu, wobei sie auf ihre Zimmernachbarin deutete:

»Sie glaubt, sie sei die Nächste …«

Maigret wusste nicht, was er sagen sollte. Er stand da, schwerfällig und ungelenk, um ihn herum eine fremde Welt.

»Es war eine junge Frau. Eine sehr hübsche, heißt es. Zimmer 15 …«

Sie fragte sich, warum er seine dichten Augenbrauen hochzog und unwillkürlich eine Pfeife aus der Tasche zog, die er dann aber doch nicht stopfte.

»Bist du sicher, dass es Zimmer 15 war?«

»Aber ja ... Warum denn?«

»Einfach so.«

Er setzte sich. Es hatte keinen Sinn, Madame Maigret von dem Zettel zu erzählen, sie würde sich sofort aufregen.

»Was hast du gegessen?«

Mademoiselle Rinquet hatte angefangen zu weinen. Ihr Gesicht war nicht zu sehen, nur die spärlichen Haare auf dem Kopfkissen, aber die Decke bewegte sich rhythmisch, zuckend.

»Du solltest nicht allzu lang bleiben ...«

Ganz offensichtlich hatte er mit seiner Rossnatur in diesem Haus der Kranken und Ordensschwestern, die auf leisen Sohlen herumhuschten, nichts verloren.

Bevor er ging, fragte er:

»Weißt du, wie sie hieß?«

»Wer?«

»Die junge Frau von Zimmer 15.«

»Hélène Godreau.«

Jetzt erst bemerkte er, dass Schwester Marie des Anges gerötete Augen hatte und ihm böse zu sein schien. Hatte sie ihm den Zettel zugesteckt?

Er fühlte sich außerstande, sie danach zu fragen.

Alles in diesem Haus unterschied sich so entschieden von der Umgebung, in der er sich sonst aufhielt, den staubigen Fluren im Polizeipräsidium, den Leuten, denen er in seinem Büro einen Platz anwies, ihm gegenüber, und denen er lange in die Augen sah, bevor er ihnen mit seinen unerbittlichen Fragen zusetzte.

Außerdem ging ihn das gar nichts an. Eine junge Frau war gestorben. Na und? Jemand hatte ihm einen Zettel in die Tasche gesteckt, mit einer Nachricht, die nichts besagte …

Im Grunde verbrämte er seine Tage damit, dass er im Kreis lief wie ein Zirkuspferd. Genau jetzt war es zum Beispiel höchste Zeit für die Brasserie du Remblai. Als hätte er dort eine wichtige Verabredung.

Der Saal war geräumig und hell. An den Tischen vor den breiten Fenstern, die auf den Strand und das Meer gingen, saßen Gäste, die er mit keinem Blick würdigte; Unbekannte, Sommerfrischler, die nur gelegentlich hierherkamen und auch keine Stammplätze hatten.

Im hinteren Bereich, in einer großen Ecke hinter dem Billardtisch, war es ganz anders: An zwei Tischen saßen dort schweigsame Männer mit ernsthafter Miene, deren kleinste Gesten den aufmerksamen Kellner in Bewegung setzten.

Das waren die Honoratioren, die Reichen und Alten. Einige hatten noch erlebt, wie man die Brasserie erbaut hatte, und manche hatten Les Sables schon gekannt, bevor der Remblai errichtet worden war.

Jeden Nachmittag fanden sie sich hier ein, um Bridge zu spielen. Jeden Nachmittag gaben sie sich die Hand, schweigend oder mit immer denselben wenigen Worten, ein Ritual.

Sie hatten sich an die Anwesenheit von Maigret gewöhnt, der nicht mitspielte, sondern rittlings auf einem Stuhl saß und zusah, wobei er seine Pfeife rauchte und Weißwein trank.

Die meisten hoben die Hand zum Gruß. Nur der örtliche Polizeikommissar, Monsieur Mansuy, der ihn jenen Herren vorgestellt hatte, stand auf, um ihm die Hand zu geben.

»Und Ihrer Frau geht es allmählich besser?«

»Ja.«

Die Antwort erfolgte mechanisch, und er setzte beiläufig hinzu:

»Heute Nacht ist in der Klinik eine junge Frau gestorben.«

Er hatte leise gesprochen, aber selbst mit halber Kraft tönte seine Stimme noch voluminös, umso mehr, als an beiden Tischen Stille herrschte.

An der Reaktion der Männer merkte er, dass er einen Fehler begangen hatte. Zudem deutete ihm der Polizeikommissar an, nicht weiter darüber zu sprechen.

Obwohl er dem Spiel seit sechs Tagen zusah, begriff er die Regeln noch immer nicht. An diesem Tag begnügte er sich damit, die Gesichter zu beobachten.

Monsieur Lourceau, der Reeder, war uralt, aber groß und noch immer kräftig, mit hochrotem Gesicht unter den weißen Haaren. Er konnte von allen am besten Bridge spielen, und wenn sein Partner einen Fehler machte, warf er ihm einen nicht eben ermutigenden Blick zu.

Depaty, der Grundstücksmakler, der sich vor allem mit Villen und Siedlungen befasste, war lebhafter, mit verschmitzten Augen, trotz seiner siebzig Jahre.

Es gab noch einen Bauunternehmer, einen Richter, einen Schiffbauer und den stellvertretenden Bürgermeister.

Der Jüngste musste zwischen fünfundvierzig und fünfzig sein. Gerade beendete er eine Partie. Er war von schmaler Gestalt, ausdrucksstark und entschlossen, mit lebhaften Augen und glänzend braunen Haaren. Seine Kleidung schien äußerst sorgfältig gewählt und von erlesener Eleganz.

Als er seine letzte Karte gespielt hatte, erhob er sich wie üblich und ging zur Telefonkabine. Maigret sah auf die Wanduhr. Es war halb fünf. Jeden Tag um halb fünf telefonierte er.

Kommissar Mansuy, der für die nächste Partie mit seinem Nachbarn den Platz tauschte, beugte sich zu seinem Kollegen hinüber und flüsterte:

»Die Tote ist seine Schwägerin ...«

Der Mann, der jeden Tag während der Partie in der Brasserie seine Frau anrief, war Doktor Bellamy. Er wohnte kaum dreihundert Meter entfernt, in einem großen weißen Haus hinter dem Kasino, genau genommen zwischen Kasino und Mole, dort, wo sich die drei oder vier schönsten Anwesen der Stadt befanden. Man konnte seine Villa vom Fenster aus sehen. Die ebene, makellose Fassade, durchbrochen von hohen, breiten Fenstern, erinnerte an die Klinik. Auch sie strahlte Ruhe und Würde aus.

Doktor Bellamy kam scheinbar ungerührt zum Tisch zurück, wo man ihn erwartete und die Karten schon verteilt hatte. Monsieur Lourceau, dem es missfiel, wenn der feierliche Ernst des Bridgespiels durch Belanglosigkeiten gestört wurde, zuckte mit den Schultern. Vermutlich ging das schon seit Jahren so.

Der Doktor war kein Mann, der sich beeindrucken ließ. Seine Miene zeigte keine Regung. Er überblickte sein Blatt und sagte dann knapp:

»Zwei Kreuz.«

Während des Spiels begann er zum ersten Mal, Maigret verstohlen zu mustern. Seine Blicke gingen so rasch, dass man sie kaum bemerkte.

Aus Barmherzigkeit ...

Warum schlich sich plötzlich ein Satz in Maigrets Gedanken, ganz ohne sein Zutun, und setzte sich dort fest?

»Jedenfalls ist das mal einer, der nicht aus Barmherzigkeit handeln würde …«

Selten hatte er in die Augen eines Menschen geblickt, die eine solche Härte ausstrahlten und gleichzeitig glühten, eines Menschen, der seine Gefühle in einem solchen Maß beherrschte, dass er gar nichts preisgab.

An den Tagen zuvor hatte Maigret das Ende des Spiels nicht abgewartet. Er hatte noch seine übrigen Stammplätze aufsuchen müssen. Der Gedanke, auch nur das Geringste an seinen Gewohnheiten zu ändern, erschütterte ihn.

»Sind Sie um sechs noch hier?«, fragte er Kommissar Mansuy.

Der warf einen Blick auf seine Uhr, weiß Gott warum, und nickte.

Diesmal ging er den Remblai bis zum Ende und am Haus von Doktor Bellamy vorbei, eines jener Anwesen, vor dem die Spaziergänger sehnsüchtig und voller Neid stehen bleiben.

Und weiter zum Hafen, vorbei an der Werkstatt des Segelmachers, den am Weg ausgebreiteten Segeln, vorbei an der Fähre, den Blick auf die Schiffe gerichtet, die aus- und einliefen und gleich gegenüber dem Fischmarkt Seite an Seite festmachten.

Dort war ein kleines grün angestrichenes Café, zu dem man vier Stufen hinuntergehen musste: eine dunkle Theke, zwei, drei Tische mit braunem Wachstuch. Die Männer, alle blau gekleidet, hatten ihre hohen Gummistiefel an den Oberschenkeln umgeschlagen.

»Einen kleinen Weißwein, bitte ...«

... der weder so schmeckte wie jener im Hôtel Bel Air noch wie der in der Markthalle oder der in der Brasserie du Remblai.

Nun blieb ihm noch, den Quai entlangzuspazieren, an seinem Ende rechts abzubiegen und durch die schmalen Straßen mit ihren einstöckigen Häusern voller Leben, Geräusche und Gerüche zurückzuschlendern.

Als er um sechs Uhr die Brasserie du Remblai erreicht hatte, war Kommissar Mansuy soeben auf den Gehsteig getreten und zog seine Uhr auf.

2

Es dauerte eine halbe Stunde, aber das Warten störte ihn nicht, im Gegenteil. Kommissar Mansuy hatte zu ihm gesagt:

»Ich habe noch im Kommissariat zu tun und muss ein paar Akten unterschreiben. Wahrscheinlich wartet noch jemand auf mich.«

Mansuy war klein, rotblond, ein wenig schüchtern und beflissen, als wollte er immerzu sagen:

»Entschuldigen Sie, aber ich versichere Ihnen, ich tue, was ich kann.«

Wahrscheinlich war er als Schüler einer von den Neunmalklugen gewesen, die ihre Pausen in einer Ecke verträumen und die man für zu nachdenklich für ihr Alter hält.

Er war nicht verheiratet und wohnte zur Untermiete in der Villa einer Witwe in der Nähe des Hôtel Bel Air. Von Zeit zu Zeit nahm er seinen Aperitif im Hotel ein, wo Maigret ihn kennengelernt hatte.

Er wirkte ebenso wenig wie ein echter Kommissar, wie das Kommissariat einem echten Kommissariat glich: Es war in einem Privathaus an einem kleinen Platz untergebracht. Einige Räume waren nicht neu

33

tapeziert, und man konnte noch immer erkennen, dass es sich um ehemalige Schlaf- oder Badezimmer handelte, mit hellen Flecken an den Wänden, wo zuvor Möbel gestanden hatten, und Rohren, die nutzlos geworden waren.

Doch es hing ein Geruch darin, den Maigret liebte und beinahe erleichtert einsog, ein schwerer Wohlgeruch, so dicht, dass man ihn hätte schneiden können. Es roch nach Ledergurten und Schurwolle von Uniformen, nach Aktenstößen, erkalteten Pfeifen und auch nach den armen Teufeln, die mit ihren Hintern die beiden Holzbänke im Warteraum blankgescheuert hatten.

Verglichen mit der Pariser Kriminalpolizei erschien das alles ein wenig unprofessionell, als spielte man Räuber und Gendarm. Im Hof wusch sich ein Polizist in Hemdsärmeln Gesicht und Hände. Im Nachbargarten gackerten die Hühner. Weitere Beamte spielten in der Wache, die sich im Eingangsbereich befand, Karten. Sie taten besonders lässig und großspurig, um wie echte Polizisten zu wirken, unter ihnen auch einige sehr junge Männer, womöglich Rekruten.

»Darf ich Ihnen den Weg zeigen?«

Der kleine Kommissar freute sich natürlich, jemandem wie Maigret sein Haus zu zeigen. Er freute sich und war zugleich ein wenig aufgeregt. In einem großen Büro saßen zwei Inspektoren auf den Tischen und rauchten. Der eine hatte seine Dienstmütze in den Nacken geschoben, wie in einem amerikanischen Film.

Mansuy grüßte abwesend, öffnete die Tür zu seinem Büro und drehte sich noch einmal um.

»Irgendwelche Neuigkeiten?«

»Wir haben Polyte für Sie festgehalten, und der Unterpräfekt hat um Rückruf gebeten …«

Das Wetter war herrlich. Seit Maigret in Les Sables war, hatte es nicht ein Mal geregnet. Die Fenster waren weit geöffnet, die Geräusche der Stadt drangen herein, und man sah die Familien vom Strand zurückkehren.

Man führte Polyte in Handschellen vor, damit es seriöser wirkte. Einer jener armen Kerle unbestimmten Alters, von denen es in jedem Dorf einen gibt: zerlumpt, struppig, mit einfältigem und zugleich listigem Blick.

»Hast du dir schon wieder die Hände schmutzig gemacht? Ich nehme an, diesmal wirst du nichts abstreiten?«

Polyte rührte sich nicht, gab keine Antwort und hielt den servilen Blick auf Kommissar Mansuy gerichtet, der sich, eingeschüchtert durch die Gegenwart des berühmten Maigret, von seiner besten Seite zeigen wollte.

»Ich kann also davon ausgehen, dass du es nicht abstreiten wirst?«

Er musste seine Frage zweimal wiederholen, bevor der Landstreicher ihm ein Zeichen gab, ein Nicken.

»Soll das bedeuten, du gestehst?«

Ein Kopfschütteln.

»Willst du etwa leugnen, dass du dich in den Garten von Madame Médard geschlichen hast?«

Mein Gott, wie ihn das aufmunterte, wie viel wohler sich Maigret hier fühlte als bei den Ordensschwestern!

Polyte schien daran gewöhnt zu sein. Er lebte in einem Bretterverschlag am Eingang der Stadt, mit einer Frau und sieben oder acht Kindern, eins verlauster als das andere.

An jenem Morgen war er an einen Trödler herangetreten und hatte versucht, ihm zwei fast neue Bettlaken zu verkaufen, dazu Handtücher und Damenwäsche. Der Trödler war zum Schein darauf eingegangen und hatte den Polizisten gerufen, der an der nächsten Ecke Wache stand. Und Polyte war festgenommen worden, keine zweihundert Meter weiter. Unterdessen war Madame Médard, die Bestohlene, im Kommissariat erschienen.

»Du hast dich nachts in ihren Garten geschlichen, wo ihre Wäsche noch zum Trocknen hing. Und du bist nicht zum ersten Mal über die Hecke geklettert ... Erst letzte Woche hast du ihren Kaninchenstall aufgebrochen und die beiden dicksten Kaninchen gestohlen ...«

»Ich habe kein einziges Kaninchen gestohlen ...«

»Sie hat aber eins der Felle wiedererkannt, die wir bei dir gefunden haben.«

»Es ist nun mal mein Beruf, Kaninchenfelle zu sammeln ...«

»Selbst wenn noch Fleisch drinsteckt?«

Da konnte ihm Mansuy mit geröteten Wangen noch so viele Fragen und Fallen stellen. Nichts zu machen.

»Ein Mann hat mir die Wäsche verkauft ...«

»Wo?«

»Auf der Straße ...«

»Auf welcher Straße?«

»Da hinten ...«

»Wie heißt er?«

»Weiß nicht ...«

»Hast du ihn vorher schon einmal gesehen?«

»Ich glaube nicht ...«

»Und der kommt zu dir, um dir Bettlaken und Wäsche zu verkaufen?«

»Hab ich doch gesagt ...«

»Dir ist hoffentlich klar, dass der Richter dir das nicht abnimmt und dich einkassiert?«

»Das wäre aber eine große Ungerechtigkeit ...«

Polyte verbreitete einen Geruch, der an die Unterkunft der Heilsarmee erinnerte. Er war verstockt, und man ahnte, dass nicht mehr aus ihm herauszubekommen war, selbst wenn man das Verhör noch stundenlang fortsetzte. Seine kleinen listigen Augen schienen zu sagen:

»Ihr seht doch, dass ihr so nicht weiterkommt!«

Zwei Polizisten führten ihn endlich ab, immer noch in Handschellen, während Maigret mit dem Kommissar zurückblieb. Die Fenster standen offen, und das Gebäude war bis auf die Männer in der Wache leer.

»So geht das hier zu … Sie haben sicher mit ganz anderen Fällen zu tun. Mir bleibt fast jeden Nachmittag noch Zeit für eine Partie Bridge.«

»Sie denken daran, den Unterpräfekten anzurufen?«

»Ich weiß bereits, dass er mich morgen Abend zum Essen einladen will. Kennen Sie ihn? Ein freundlicher Mann … Aber Sie sprachen vorhin von Philippe Bellamy. Was halten Sie von ihm? Er hat Format, nicht wahr? Ich bin erst vor zwei Jahren nach Les Sables versetzt worden, aber das hat gereicht, um jeden hier kennenzulernen. Den wichtigsten Persönlichkeiten sind Sie ja schon begegnet. Echte Originale sind darunter … Aber Doktor Bellamy übertrifft sie alle. Wissen Sie, dass er in seinem Fach ein Experte ist? Ich hatte Gelegenheit, mit einem Freund darüber zu sprechen, der Arzt in Bordeaux ist. Bellamy ist einer der bekanntesten Neurologen … Er hat lange in Pariser Krankenhäusern gearbeitet und sich dort habilitiert. Er hätte Profes-

sor werden können, an einer großen Universität ...
hat es aber vorgezogen, hier mit seiner Mutter zu
leben.«

»Stammt seine Familie aus Les Sables?«

»Die Bellamys sind seit mehreren Generationen
hier ansässig. Haben Sie seine Mutter nicht kennengelernt? Eine dickleibige alte Dame, ziemlich stäm-
mig, die ihren Gehstock mit einem Säbel verwech-
selt. Ungefähr einmal die Woche gerät sie mit den
Marktfrauen aneinander.«

»Woran ist die junge Frau gestorben?«

»Ich denke, der Unterpräfekt will mich zum
Abendessen einladen, um genau darüber zu sprechen. Heute Morgen hat er mich deswegen angerufen. Natürlich verkehrt er mit Doktor Bellamy. Sie
sehen sich ziemlich oft ...«

Es tat gut, in Ruhe Pfeife zu rauchen, dabei im
Büro auf und ab zu gehen, von Zeit zu Zeit vor dem
hellen Viereck des Fensters innezuhalten und auf
diese Art zu plaudern, zwanglos und in knappen
Sätzen.

»Es war zu erwarten, dass viel über den Unfall geredet wird ... Mich wundert, dass Sie nicht Bescheid
wissen.«

»Ich kenne hier doch kaum jemanden.«

»Es war ... vor zwei Tagen, glaube ich. Genau, am 3. August ... Der Bericht muss noch auf
dem Schreibtisch meines Sekretärs liegen, aber ich

komme jetzt nicht an ihn heran. Doktor Bellamy war in Begleitung seiner Schwägerin mit dem Wagen nach La Roche-sur-Yon unterwegs ...«

»Wie alt?«

»Neunzehn Jahre ... Ein eigenartiges Mädchen, eher interessant als hübsch. Aber bitte keine falschen Schlüsse ... Lili Godreau war nett, aber ihre Schwester, Bellamys Frau, ist eine der schönsten Frauen, die man sich denken kann ... Leider werden Sie kaum Gelegenheit haben, sie zu sehen, denn sie geht selten aus ...«

»Wie alt?«, wiederholte Maigret.

»Ungefähr fünfundzwanzig ... Die Liebe von Bellamy zu seiner Frau ist beinahe sprichwörtlich in der Gegend. Es ist echte Leidenschaft, und jeder wird Ihnen bestätigen, dass er von Eifersucht besessen ist ... Es wird sogar behauptet, er würde sie einschließen, wenn er ausgeht, etwa nachmittags zum Kartenspielen. Ich glaube, das ist übertrieben. Fest steht aber, dass Bellamys Mutter niemals zur selben Zeit das Haus verlässt wie ihr Sohn. Es würde mich nicht wundern, wenn sie die Schwiegertochter überwacht ... Sie haben den Doktor telefonieren sehen ... Er hält es keine zwei Stunden aus, ohne sie anzurufen, ohne Verbindung zu ihr aufzunehmen, vielleicht, um sich zu vergewissern, dass sie da ist ...«

»Aus was für einer Familie stammt sie?«

»Genau das ist der Punkt. Die Lebensweise ihrer Mutter eignet sich nicht gerade dafür, einen Ehemann zu beruhigen … Interessiert Sie das? Ich will versuchen, Ihnen zu erzählen, was ich weiß … Bellamys Frau heißt Odette, und ihr Mädchenname ist Godreau. Ihre Mutter stammt aus gutem Hause, Tochter eines Marineoffiziers, wenn ich mich nicht täusche … Sie war eine sehr schöne Frau, das ist sie auch heute noch.

Zwanzig Jahre lang hat sie in Les Sables die Sünde verkörpert … Ich weiß nicht, ob Sie jemals in der Provinz gelebt haben. Sie war nicht verheiratet und ließ sich aushalten … Nacheinander von zwei oder drei reichen Herren, unter anderem von Monsieur Lourceau, dem Sie in der Brasserie begegnet sind … Wenn sie vorüberging, bewegten sich die Vorhänge. Sie hat Gymnasiasten den Kopf verdreht, verheiratete Männer blickten sich auf der Straße nach ihr um. Wenn sie ein Geschäft betrat, verstummten die Gespräche, und die Damen spitzten ihre Lippen …

Sie hat zwei Töchter, denen man je nachdem verschiedene Väter zuschreibt, Odette und Lili … Aus Odette ist eine noch strahlendere Schönheit geworden als ihre Mutter, und Doktor Bellamy hat sie kennengelernt, als sie noch nicht zwanzig war …

Er hat sie geheiratet.

Sie sind ihm ja begegnet. Wie ich schon sagte, er ist

eine echte Persönlichkeit. Er hat das Mädchen geheiratet, aber von der Schwiegermutter nichts wissen wollen, ihr eine Rente ausgesetzt, damit sie die Gegend verlässt ... Sie soll jetzt in Paris mit einem Industriellen leben, der sich aus dem Geschäft zurückgezogen hat.

Da Odettes jüngere Schwester bei der Hochzeit erst dreizehn war, hat sich der Doktor ihrer angenommen ... Er hat sie aufgezogen ... Sie ist, oder vielmehr, sie war neunzehn ...

Sie sind gemeinsam in Bellamys Wagen nach La Roche-sur-Yon gefahren ...«

»Mit Odette?«

»Nein, allein ... Lili spielte Klavier, besuchte alle Konzerte ... Es gab eines in La Roche um vier Uhr, und ihr Schwager hat sie dorthin gefahren ... Als sie zurückkehrten ...«

»Um wie viel Uhr?«

»Kurz nach sieben ... Es war noch hell und die Straße keineswegs verlassen ... Ich sage Ihnen das alles, weil es von Bedeutung ist ... Die Wagentür war anscheinend nicht richtig geschlossen und flog auf, Lili wurde auf die Straße geschleudert ... bei hoher Geschwindigkeit. Der Doktor fährt für gewöhnlich sehr schnell, und die Polizeibeamten, die ihn kennen, halten sich zurück ...«

»Also ein Unfall ...«

»Ein Unfall ...«

Kommissar Mansuy dachte nach, wollte noch etwas anmerken, öffnete den Mund. Maigret sah ihn fragend an. Aber er sagte nur noch einmal:

»Ein Unfall, ja …«

»Von etwas anderem kann man nicht ausgehen, nicht wahr?«

»Ich glaube nicht.«

»Wie Sie schon sagten, kann man Bellamy schwerlich ein Verhältnis mit seiner Schwägerin unterstellen, oder?«

»Das passt nicht zu ihm.«

»Waren andere Autofahrer in der Nähe?«

»Ein Kleinlaster hundert Meter hinter dem Wagen … Der Fahrer ist vernommen worden. Er hat nichts Besonderes bemerkt. Der Wagen des Doktors sei an ihm vorbeigerast, wenige Augenblicke später hat er gesehen, wie die Wagentür aufflog und jemand auf die Straße geschleudert wurde.«

Wenn der kleine Kommissar mit dem großen Kopf Maigret besser gekannt hätte, er hätte bemerkt, dass während der letzten Minuten etwas in ihm vorgegangen war. War er eben noch der schwerfällige, leicht schwankende Mann gewesen, der ohne rechte Überzeugung an seiner Pfeife zog und seinen Blick gelangweilt umherschweifen ließ, so schien sich jetzt etwas in ihm zusammenzubrauen. Sogar seine Schritte wurden fester, seine Gesten bestimmter.

Inspektor Lucas zum Beispiel, der seinen Chef

besser als jeder andere kannte, hätte sofort verstanden und sich gefreut.

»Wir sehen uns morgen, ja?«, brummte Maigret und streckte Mansuy seine Pranke entgegen.

Mansuy war verwirrt. Er hatte erwartet, mit Maigret gemeinsam fortzugehen, ihn ein Stück zu begleiten, vielleicht noch einen Aperitif zu nehmen. Aber Maigret ließ ihn einfach hier zurück, in seinem Büro, das er so gern vorgezeigt hatte, in dem ihn nun jedoch nichts mehr hielt. Linkisch hatte er seinen Hut vom Tisch genommen, zum Zeichen, dass auch er aufbrechen wollte.

»Vergessen Sie nicht, den Unterpräfekten anzurufen«, sagte Maigret.

Ganz ohne Ironie. Es steckte keine bestimmte Absicht dahinter. Er dachte an etwas anderes. Genauer gesagt: Er dachte nach. Und ganz genau: Er schob unscharfe Bilder in seinem Kopf hin und her.

An der Türschwelle drehte er sich um.

»Hat man die junge Frau noch befragen können?«

»Nein. Bis zu ihrem Tod letzte Nacht hat sie im Koma gelegen. Sie hatte einen Schädelbruch.«

»Wer hat sie behandelt?«

»Doktor Bourgeois.«

Selbst am Tag ihres Todes hatte ihr Schwager wie gewöhnlich in der Brasserie du Remblai Bridge gespielt.

Es blieb unklar. Auch wenn sich Maigret schon

schwer fühlte, so war er doch noch nicht in den Zustand der »Trance« eingetreten, wie man es am Quai des Orfèvres nannte. Er ging den Gehsteig entlang, bog nach links, betrat schließlich ein Bistro, in das er noch nie einen Fuß gesetzt hatte und das sein Repertoire täglicher Anlaufstellen nun vermutlich erweitern würde.

»Einen Weißwein … Nein, etwas Herbes, bitte …«

Aus Barmherzigkeit … stand auf dem Zettel, den man ihm zugesteckt hatte.

Was wäre geschehen, wenn er den Zettel früher entdeckt hätte, wenn er auf der Stelle ins Krankenhaus zurückgekehrt wäre und verlangt hätte, die Patientin in Zimmer 15 aufsuchen zu dürfen? Aber hatte denn Lili Godreau nicht im Koma gelegen?

Zurück im Hotel, setzte er sich an seinen Stammplatz. Bevor er hinaufging, musste er noch ein Glas mit Monsieur Léonard trinken.

»Kennen Sie Doktor Bellamy?«

»Ein außerordentlicher Mann … Er hat vor vier Jahren meine Frau behandelt und nicht einen Centime dafür verlangt. Ich habe größte Mühe gehabt, ihn dazu zu bringen, die Flasche Vieille Chartreuse anzunehmen, die ich für eine besondere Gelegenheit aufgehoben hatte.«

Maigret schlief ein und wurde von den vertrauten Geräuschen geweckt: die Brandung, das kreischende

Baby im Nachbarzimmer, der Chor der vier quengelnden Kinder im Widerstreit mit dem Sopran der Mutter und die Litanei der beiden Alten zu seiner Rechten.

Noch hatte sich nichts aufgelöst, alles erschien ebenso undeutlich wie am Abend zuvor, nur das Gefühl der Schwere hatte zugenommen und der Nebel in seinem Kopf.

Weißwein mit dem Wirt.

»Wissen Sie, wann die Beerdigung stattfindet?«

»Sie meinen die kleine Godreau? ... Morgen ... Wenigstens ist sie für morgen angekündigt ... Unter uns und im Vertrauen, ich glaube, dass man die Leiche noch aufschneiden wird ... Vorsichtshalber, verstehen Sie? Vor allem, um die bösen Zungen zum Schweigen zu bringen ... Die Leute sagen sogar, Doktor Bellamy hätte es selbst vorgeschlagen ...«

Den ganzen Morgen, während er, seiner gewohnten Route folgend, von einem Bistro zum nächsten spazierte, ärgerte er sich, und zwar über die Schwestern.

Wären sie keine Ordensschwestern, er wäre augenblicklich zur Klinik marschiert, hätte an der Tür geläutet und seine Fragen gestellt. Er hätte nicht lange gebraucht, um herauszufinden, wer ihm den Zettel zugesteckt hatte.

So aber musste er bis drei Uhr warten. Es hätte vermutlich zu nichts geführt, Schwester Aurélie zu stören. Und unter welchem Vorwand auch? Um seine Frau zu sehen? Man hatte ihm lediglich die Erlaubnis erteilt, um elf Uhr anzurufen. Und es war ein außerordentliches Zugeständnis, Madame Maigret jeden Nachmittag besuchen zu dürfen.

Bald würde er wieder auf Zehenspitzen umhergehen und flüstern.

»Wir werden ja sehen«, murmelte er grimmig nach seinem dritten Weißwein.

Und doch wartete er um drei Uhr ein paar Sekunden, bis die Glocken das Zeichen gegeben hatten, bevor er am grünen Tor den Klingelknopf drückte.

»Guten Tag, Monsieur 6 ... Unsere liebe Patientin erwartet Sie ...«

Er brachte es nicht über sich, Schwester Aurélie eine Grimasse zu schneiden, und lächelte widerwillig.

»Einen Augenblick, bitte, ich melde Sie gleich an ...«

Und die andere, Schwester Marie des Anges, kam ihm oben an der Treppe entgegen. Es war unmöglich, auf dem Flur mit ihr zu sprechen, alle Türen standen offen.

»Guten Tag, Monsieur 6 ... Unsere liebe Patientin ...«

Es war wie ein Taschenspielertrick, bei dem man ihn verschwinden ließ. Er hatte nicht einmal die Zeit gefunden, den Mund aufzutun, schon stand er im Zimmer seiner Frau, wo ihn die grauslige Mademoiselle Rinquet aus ihren kleinen Vogelaugen anstarrte.

»Was hast du denn, Maigret?«

»Ich? Nichts …«

»Du bist nicht gut aufgelegt …«

»Doch, doch …«

»Wird Zeit, dass ich hier rauskomme, findest du nicht? Gib zu, du langweilst dich …«

»Wie geht es dir?«

»Besser … Doktor Bertrand meint, er kann mir am Montag die Klammern entfernen … Und heute Mittag durfte ich etwas Huhn essen …«

Er konnte nicht einmal mit ihr flüstern. Wie hätte das ausgesehen? Außerdem stellte die Giftspritze im anderen Bett ihre Ohren auf.

»Übrigens, du hast vergessen, mir etwas Geld hierzulassen …«

»Wozu denn?«

»Eine kleine Patientin aus dem Saal war vorhin mit einer Liste hier …«

Ein Blick zu Mademoiselle Rinquet, als sollte er die Andeutung begreifen. Aber was meinte sie? Sammelten sie etwa Geld für das alte Fräulein?

»Was meinst du?«

»Für den Kranz …«

Und für einen Augenblick fragte er sich in seiner Naivität, was der Kranz mit dem kranken Fräulein zu tun haben mochte, das ganz offensichtlich noch am Leben war. Wie dumm von ihm. Allerdings verbrachte er auch nicht den ganzen Tag in dieser Atmosphäre des Flüsterns, der Geheimniskrämerei und bedeutungsvollen Blicke.

»Zimmer 15 …«

»Ach so!«

So weit reichte Madame Maigrets Feingefühl! Weil ihre Zimmergenossin schwer krank war, weil sie Krebs hatte und also sterben musste, senkte sie verlegen die Stimme, wenn sie von einem Kranz sprach!

»Gib der Kleinen zwanzig Franc, wenn sie wiederkommt. Das haben fast alle gegeben … Morgen findet die Beerdigung statt.«

»Ich weiß …«

»Was hast du zu Mittag gegessen?«

Jeden Tag musste er ihr genau Auskunft über seinen Speisezettel geben.

»Man tischt dir doch wohl keine Muscheln mehr auf?«

Schwester Marie des Anges trat ein.

»Gestatten Sie?«

Sie kam in Begleitung des kranken Mädchens, das für den Kranz sammelte. Maigret reichte ihr die zwanzig Franc und einen Bleistift.

»Würden Sie den Namen meiner Frau eintragen, Schwester?«

Schwester Marie des Anges nahm den Bleistift,

ohne zu zögern. Dann hielt sie einen Moment inne. Sie blickte den Kommissar an, und ihre Wangen röteten sich leicht.

Sie trug den Namen ein, während er dem Fluss der Buchstaben folgte, die sie auf das Papier schrieb. Sie machte sich nicht einmal die Mühe, ihre Schrift zu verstellen. Im Übrigen kam schon ihr Blick einem Geständnis gleich.

Sie bedankte sich, etwas verschämt, und führte das Mädchen an der Hand zur Tür hinaus.

»Man wächst hier wirklich zusammen wie eine Familie ...«, sagte Madame Maigret ergriffen. »Du kannst dir gar nicht vorstellen, wie kranke Menschen einander näherkommen.«

Er wollte ihr nicht widersprechen, obwohl er an Mademoiselle Rinquet dachte.

»Ich glaube, in acht bis zehn Tagen komme ich raus, und übermorgen darf ich schon eine Stunde im Sessel sitzen ...«

Es war Madame Maigret gegenüber nicht gerade sehr fein, aber die halbe Stunde erschien ihm heute noch länger als sonst.

»Würdest du nicht gern das Zimmer wechseln?«

Sie erschrak. Wie konnte er nur so taktlos sein, so etwas vor Mademoiselle Rinquet zu sagen?

»Warum sollte ich?«

»Ich weiß nicht ... Es müsste jetzt doch ein Einzelzimmer frei sein.«

Madame Maigret war entsetzt, sie glaubte ihren Ohren nicht zu trauen und stammelte:

»Zimmer 15? ... Maigret, wie kannst du nur?«

Ein Zimmer, in dem kurz zuvor eine junge Frau gestorben war! Er bestand nicht weiter darauf. Mademoiselle Rinquet musste ihn für ein Scheusal halten. Er aber hatte nur daran gedacht, sich mit Schwester Marie des Anges allein unterhalten zu können.

Schade! Er musste es anders angehen. Während sie ihn über den Flur hinausgeleitete, sagte er zu ihr:

»Könnte ich Sie einen Augenblick im Aufenthaltsraum sprechen?«

Sie wusste, worum es ging, und machte ein ebenso erschrockenes Gesicht wie zuvor Madame Maigret.

»Das ist nicht gestattet ...«

»Sie meinen, es ist mir nicht gestattet, mit Ihnen ein Gespräch zu führen?«

»Nur in Gegenwart der Oberin. Sie müssten es bei ihr beantragen ...«

»Und wo ist sie, die Oberin?«

Unwillkürlich hatte er seine Stimme erhoben. Er war nahe daran, wütend zu werden.

»Pst ...«

Schwester Aldegonde steckte den Kopf durch eine halb geöffnete Tür und beobachtete die beiden von fern.

»Darf ich wenigstens hier mit Ihnen sprechen?«

»Pst …«

»Dürfen Sie mir schreiben?«

»Es ist nicht gestattet …«

»Und ich vermute, es ist Ihnen auch nicht gestattet, in die Stadt zu gehen?«

Das war zu viel. Das war beinahe schon Gotteslästerung.

»Hören Sie, Schwester …«

»Ich bitte Sie, Monsieur 6 …«

»Sie wissen, was ich Sie …«

»Pst … Ich bitte Sie!«

Und sie rang die Hände, trat einen Schritt vor, sodass er zurückweichen musste, und sagte mit lauter Stimme, vermutlich wegen Schwester Aldegonde, die immer noch lauschte:

»Ich versichere Ihnen, dass es unserer lieben Patientin an nichts fehlt und dass sie sich in einer ausgezeichneten Gemütsverfassung befindet …«

Es hatte keinen Sinn, es weiter zu versuchen. Er stand bereits auf der Treppe, in Reichweite von Schwester Aurélie. Er konnte nur noch hinuntergehen und das Haus verlassen.

»Auf Wiedersehen, Monsieur 6«, sagte eine sanfte Stimme hinter dem Schalter. »Rufen Sie morgen an?«

Er kam sich vor wie ein tollpatschiger Junge inmitten einer Horde junger Mädchen, die sich über ihn lustig machten. Mädchen jeden Alters einschließlich Mademoiselle Rinquet, die er nicht leiden konnte, weiß Gott warum! Einschließlich Madame Maigret, die sich hier inzwischen allzu heimisch fühlte.

Wenn er mit niemandem sprechen durfte, warum hatte man ihm dann überhaupt den Zettel zugesteckt?

Mindestens zehn Minuten grollte er Schwester Marie des Anges. Eine Heuchlerin übrigens. Allein ihre Stimme, mit der sie die wachsame Schwester Aldegonde zu täuschen versuchte.

»Ich versichere Ihnen, dass es unserer lieben Patientin an nichts fehlt ...«

Und die andere auf Zimmer 15 war wahrscheinlich genauso eine »liebe Patientin«.

Er ging im Schatten, trat in die Sonne, ging durch die Straßen, beruhigte sich allmählich und fing an, über sich zu lächeln.

Arme Schwester Marie des Anges! Im Grunde hatte sie getan, was sie konnte. Sie hatte sogar Mut und Initiative gezeigt. Was überall sonst eine Selbstverständlichkeit gewesen wäre, war hier geradezu heldenhaft.

Ihr war es nicht anzulasten, dass Maigret zu spät gekommen oder die kleine Godreau zu früh gestorben war.

Was konnte er jetzt noch tun? Zur Klinik umkehren, die Oberin verlangen, ihr sagen:

»Ich muss Schwester Marie des Anges sprechen?«

Unter welchem Vorwand? Was ging ihn das überhaupt an? Hier war er nicht Maigret von der Kriminalpolizei, sondern nur Monsieur 6.

Sollte er sich an Doktor Bellamy wenden? Herrgott, was sollte er ihm denn sagen? Der Doktor hatte immerhin darauf bestanden, dass die Leiche seiner Schwägerin obduziert wurde.

Kommissar Mansuy hatte ihm am Tag zuvor versichert, dass Lili Godreau seit dem Unfall und bis zu ihrem Tod im Koma gelegen habe.

Darauf einen guten Weißwein. In einem ordentlichen Bistro mit lauten Männern. In das die Sonne hineinscheint, und nicht dieses abgemilderte Licht wie in der Klinik, bei dem es ihm übel wurde.

Er riss den Zettel in Fetzen und ging zur Brasserie du Remblai. Würde Doktor Bellamy auch an diesem Tag zur Bridgepartie erscheinen? Wie auch immer. Es ist doch so: Wenn es einen Toten im Haus zu beklagen gibt, jammern die Frauen erst einmal mit dünner Stimme:

»Nein … Ich bitte Sie, insistieren Sie nicht … Ich bekomme nicht einen Bissen herunter … Eher würde ich sterben …«

Kurz darauf sitzen sie am Tisch und verlangen Dessert. Und am Schluss tauschen sie womöglich noch Rezepte mit der Schwägerin aus.

Doktor Bellamy spielte weiterhin Bridge. Er saß

da wie an all den anderen Nachmittagen. Er beobachtete Maigret, wiederholt warf er ihm einen klugen, durchdringenden Blick zu, der zu sagen schien:

»Ich weiß, dass Sie sich für mich interessieren, dass Sie zu begreifen versuchen. Das ist mir aber vollkommen gleichgültig …«

Doch das stimmte nicht ganz. Vollkommen gleichgültig war es ihm nicht. Je mehr Zeit verging, um so deutlicher merkte Maigret es ihm an.

Zwischen ihm und dem Doktor bestand noch etwas anderes, eine Art diffuse Verbindung.

Maigret war daran gewöhnt, dass man ihn musterte, ganz gleich wo er auftauchte. Sein Ruf eilte ihm voraus. Manche Leute konnten nicht umhin, ihm mehr oder weniger dämliche oder schmeichelhafte Fragen zu stellen:

»Herr Kommissar, was ist eigentlich Ihre Methode?«

Die Experten oder solche, die sich dafür hielten, erklärten:

»Meiner Meinung nach verfahren Sie eher im Sinne Bergsons …«

Andere, wie Lourceau und mehrere der hier Anwesenden, begnügten sich damit, mit eigenen Augen festzustellen, wie ein Kommissar der Kriminalpolizei so aussieht.

»Und die vielen Mörder, denen Sie begegnet sind …«

Wieder andere waren schließlich einfach nur stolz, einem Mann die Hand zu schütteln, dessen Foto regelmäßig in der Zeitung erschien.

Nichts davon traf auf Bellamy zu. Der Doktor hielt Maigret in gewisser Weise für ebenbürtig. Er schien ihn als seinesgleichen zu akzeptieren, wenn auch auf einem anderen Spielfeld.

Seine Neugier war ein Ausdruck von Anerkennung und Respekt.

»Halb fünf, Doktor«, bemerkte einer der Mitspieler.

»Richtig ... Ich weiß ...«

Er zeigte sich unempfindlich gegen Ironie. Vermutlich wusste er von seinem Ruf als übereifriger Ehemann, schämte sich dessen aber keineswegs. Seelenruhig begab er sich zur Telefonkabine. Maigret sah durch die Glasscheibe sein markantes Profil und verspürte immer mehr das Verlangen, mit ihm ins Gespräch zu kommen.

Nur wie? Es war fast so heikel wie bei den Schwestern. Abwarten, bis der Doktor aufbrach, ihm bis zur Tür folgen und dann sagen:

»Gestatten Sie, dass ich Sie ein paar Schritte begleite?«

Kindisch. Aber ebenso kindisch wäre es, einen solchen Mann um eine ärztliche Untersuchung zu bitten.

Maigret war inzwischen Teil dieser eingeschworenen Runde, ohne tatsächlich dazuzugehören. Man hatte sich daran gewöhnt, ihn an seinem Platz zu sehen. Hin und wieder zeigte ihm einer der Bridgespieler sein Blatt, oder jemand fragte ihn:

»Langweilen Sie sich nicht allzu sehr in Les Sables?«

Trotzdem blieb er ein Gast. So etwas wie ein Externer in einem Internat.

»Geht es Ihrer Frau besser?«

Hatte Doktor Bellamy ihn überhaupt schon einmal angesprochen? Er konnte sich nicht erinnern.

Er hatte genug von diesen Ferien, die ihn aus dem Gleichgewicht brachten und mitunter der Lächerlichkeit preisgaben. Selbst Mansuy, der hier seine Jagdgründe hatte und sich anschließend wieder in seinem Kommissariat einfinden würde, besaß mehr Selbstvertrauen als er.

Nur weil ein junges Ding gestorben war und eine Ordensschwester mit dem Gesicht einer Heiligen ihm einen Zettel zugesteckt hatte, war es nun so weit gekommen, dass er um Doktor Bellamy herumschlich wie ein unbeliebter Schüler um den Klassenprimus.

»Noch einen Weißwein, bitte …«

Er wollte sich dem Doktor nicht länger zuwenden. Das wurde allzu auffällig. Bellamy hatte ihn sicher schon durchschaut und erkannt, wie schüchtern er war. Womöglich machte er sich über ihn lustig.

Der Doktor hatte sein Spiel beendet, stand auf und nahm seinen Hut vom Ständer.

»Guten Abend, Messieurs ...«

Er sagte nicht »bis morgen«, denn am nächsten Tag fand die Beerdigung statt.

Er wollte das Lokal verlassen, ging an Maigret vorbei. Nein, er blieb einen Augenblick stehen.

»Wollten Sie auch gerade aufbrechen, Monsieur Maigret?«

»Ich war tatsächlich im Begriff ...«

»Wenn Sie in dieselbe Richtung gehen wie ich ...«

Es war merkwürdig. Er war herzlich, doch blieb seine Herzlichkeit kalt und abweisend.

Zum ersten Mal seit langer Zeit, ja vielleicht in seinem ganzen Leben, hatte Maigret den Eindruck, dass ein anderer die Zügel in der Hand hielt und ihn führte, wohin er wollte.

Dennoch folgte er ihm. Kommissar Mansuy hatte die Szene mit einiger Verwunderung beobachtet.

Gelassen wie immer, selbstbeherrscht und ohne einen Anflug von Ironie, hielt ihm Bellamy die Tür auf. Vor ihnen lag der Strand, an dem sich die Kinder und ihre Mütter tummelten. Die Bademützen der Schwimmer waren leuchtende Tupfer im Meeresblau.

»Sie wissen sicherlich, wo ich wohne?«

»Man hat mich schon auf Ihr Haus aufmerksam gemacht. Sehr eindrucksvoll.«

»Würden Sie es gern von innen sehen?«

Das kam so unvermittelt, so unerwartet, dass es Maigret kurz aus der Fassung brachte. Während der Doktor mit einem goldenen Feuerzeug seine Zigarette anzündete – und dabei konnte man seine schönen und äußerst gepflegten Hände bewundern –, sagte er beiläufig:

»Ich meine doch, dass Sie mich gern kennenlernen möchten.«

»Man hat mir viel von Ihnen erzählt.«

»Man spricht seit zwei Tagen viel von mir.«

Es störte ihn nicht, dass Maigret schwieg. Er hatte nicht das Bedürfnis, die Stille mit Plaudereien auszufüllen. Sein Gang war der eines jungen Mannes. Man grüßte ihn, und er erwiderte den Gruß und zog den Hut. Seine ausgesuchte Höflichkeit galt ebenso der Marktfrau in hiesiger Tracht wie der aristokratischen Witwe, die im offenen Wagen mit einem Chauffeur in Livree vorüberfuhr.

»Früher oder später wären Sie ohnehin gekommen, nicht wahr?«

Das konnte vieles bedeuten. Vielleicht ganz einfach, dass es Maigret irgendwann gelungen wäre, sich eine Einladung ins Haus des Doktors zu verschaffen.

»Ich verabscheue es, Zeit zu verlieren, und zweideutige Situationen sind mir ein Gräuel. Glauben Sie, dass ich meine Schwägerin umgebracht habe?«

Maigret musste sich gewaltig anstrengen, um mit diesem Mann Schritt zu halten, der ihm in der Hitze der Nachmittagssonne, inmitten einer trägen Schar Urlauber, eine so direkte Frage stellte.

Weder lächelte er, noch widersetzte er sich. Nur wenige Sekunden vergingen, bis er darauf antwortete, und zwar ebenso unumwunden wie der Doktor.

»Vorgestern Abend«, sagte er, »wusste ich noch nicht, dass sie sterben würde, und auch nicht, dass sie Ihre Schwägerin ist, und trotzdem habe ich mich schon für sie interessiert.«

3

Wenn Maigret auf einen Überraschungsschlag gehofft hatte, so musste er die Hoffnung aufgeben. Zunächst schien Doktor Bellamy seine Worte nicht gehört zu haben. Vom Strand drang ein Stimmengewirr zu ihnen herauf und das Rauschen des Meeres. Bellamy hatte Zeit, noch ein paar Schritte zu gehen, bevor ihn der Widerhall der letzten Worte des Kommissars erreichte.

Doch dann zeichnete sich ein leichtes Staunen auf seinem Gesicht ab. Er warf einen Blick auf seinen Begleiter, als suchte er nach dem Indiz einer Zweideutigkeit. Maigret seinerseits war einem derartigen Partner gegenüber so empfänglich, so aufnahmefähig, dass er noch die feinsten Nuancen seines Denkens wahrzunehmen meinte, eine unbestimmte Enttäuschung, einen unausgesprochenen Vorwurf.

Wenige Sekunden später gehörte das schon der Vergangenheit an, Bellamy dachte nicht mehr daran. Sie gingen im Gleichschritt den Remblai entlang und betrachteten gedankenverloren den harmonischen Bogen des Strandes, der etwas Weibliches, fast Sinnliches hatte.

Zu dieser Stunde wurde das Meer blasser, und seine Oberfläche begann sich zu kräuseln, bevor es im Sonnenuntergang aufflammte.

»Sie sind auf dem Land geboren, nicht wahr?«, fragte Bellamy.

Man hätte meinen können, dass ihre Gedanken wie auch ihre Schritte wieder nach einem Gleichklang suchten. Und ähnlich einem alten Liebespaar brauchten auch sie keine langen Sätze mehr, sondern nur noch Formeln und Gleichungen, eine Art Algebra der Sprache.

»Ja, auf dem Land.«

»Ich bin in einem alten Haus im Moor geboren, das meiner Familie gehört, ein paar Kilometer von hier.«

Er hatte »Haus« gesagt, aber der Kommissar wusste, dass die Bellamys ein Schloss in der Gegend besaßen, ihren Stammsitz.

»Aus welcher Provinz stammen Sie?«

Andere hätten von Département gesprochen, Maigret begrüßte das Wort, er hörte es gern.

»Aus dem Bourbonnais.«

Keine eitle Neugier. Nichts daran war banal.

»Waren Ihre Eltern Bauern?«

»Mein Vater war Verwalter auf einem Schloss und beaufsichtigte etwa zwanzig Pachthöfe.«

Der Doktor wählte genau die Fragen, die auch er gestellt hätte, und er nahm nicht den geringsten

Anstoß daran, ganz im Gegenteil. Schweigend setzten sie ihren Weg fort und überquerten die Straße gleich hinter dem Kasino. Doktor Bellamy steckte die Hand in die Tasche, um den Schlüssel hervorzuholen. Für einen Moment blieb er auf der Schwelle stehen, tastete sich vor und stieß den weiß gestrichenen Türflügel auf.

Maigret trat ein, weder verlegen noch erstaunt. Bereits im Flur spürte er den schweren Teppich unter seinen Füßen, der sogleich einen Eindruck von Annehmlichkeit und Wohlstand vermittelte.

Eine ausgewogenere, stilvollere Einrichtung ließ sich kaum denken, kein protzig ausgestellter Reichtum, nichts, was den schweifenden Blick verstellte, selbst das Licht hatte eine Güte, die man zu schätzen wusste wie einen guten Wein oder einen frischen Frühlingsmorgen. Die gläsernen Flügeltüren waren geöffnet und führten in Salons mit Sesseln darin, die anscheinend kurz zuvor noch benutzt worden waren.

Über eine breite Treppe mit schmiedeeisernem Geländer gelangte man in die oberen Stockwerke. Der Doktor ging darauf zu:

»Wenn Sie mir in mein Arbeitszimmer folgen wollen …«

Er gab sich kaum Mühe, eine gewisse Genugtuung zu verbergen. In seinen Augen schimmerte ein Anflug von Stolz.

Sie gingen langsam hinauf, als sich ein kleiner Zwischenfall ereignete. Im Stock über ihnen öffnete sich eine Tür. Für Maigret war es irgendeine Tür, er kannte die Aufteilung der Räume nicht. Aber der Doktor hatte das Geräusch einer bestimmten Tür zuordnen können und zog die Augenbrauen hoch. Oberhalb der ersten Treppenwindung waren Schritte auf dem Läufer zu hören. Leichte, zögernde Schritte, die Schritte von jemandem, der ebenso wenig mit dem Haus vertraut schien wie Maigret.

Die Person musste sie ebenfalls gehört haben und beugte sich über das Geländer. Sie blickten hinauf und in das Gesicht eines Mädchens. Kurz trafen sich ihre Blicke, die Besucherin schien verwirrt. Sie zögerte, machte Anstalten, ihnen treppauf entwischen zu wollen.

Stattdessen beschleunigte sie ihren Schritt, bis sie in voller Gestalt auf dem Treppenabsatz stand, ein etwa vierzehnjähriges schlaksiges Mädchen mit zu dünnen Beinen in einem ausgeblichenen Baumwollkleid. Warum nur fiel Maigret vor allem der kleine, mit bunten Perlen bestickte Beutel auf, den sie nervös zwischen ihren Händen knetete?

Sie schien Anlauf nehmen zu wollen und den Raum zu bemessen, der ihr blieb, um an ihnen vorbeizukommen. Dann schnellte sie vor und die Stufen hinab, streifte die Wand, rannte mit abgewandtem Gesicht an den Männern vorbei, immer schneller, stieß beinahe gegen die Haustür, tastete fieberhaft nach dem Knauf, wie in einem Albtraum, wenn man zu fliehen versucht, aber immer wieder auf einer glatten Fläche ausrutscht.

Der Doktor und der Kommissar hatten sich gleichzeitig umgedreht. Die Haustür öffnete sich, und das Mädchen verschwand in einem Rechteck aus hellem Licht.

Als wäre nichts geschehen. Bellamy blickte wieder hinauf. Überlegte er, ob jemand sie vom Treppenabsatz aus beobachtete? War er überrascht, verärgert, vielleicht erschrocken?

Das Erscheinen des Mädchens hatte etwas Unerwartetes, Unerklärliches.

Er ging weiter hinauf. Nun sah man die Tür, aus der das Mädchen gekommen war, aber sie war geschlossen. Sie gingen daran vorbei und einen langen Flur entlang, an dessen Ende Bellamy eine andere Tür aufstieß.

»Treten Sie ein. Machen Sie es sich bequem. Bitte fühlen Sie sich frei, Ihr Jackett abzulegen, falls Ihnen zu warm ist.«

Sie befanden sich in einem großen Arbeitszimmer, dessen Wände mit Büchern bedeckt waren. Beim Eintreten waren sie geblendet gewesen von dem Sonnenlicht, das durch die drei großen Fenster fiel. Bellamy ließ mit einer beiläufigen Bewegung die Jalousien herunter, und das Licht wurde milder, verwandelte sich in Goldstaub.

Über dem Kamin hing ein schönes Frauenporträt in Öl. Dieselbe Frau war auf einer Fotografie zu erkennen, die in einem Silberrahmen auf dem Schreibtisch stand.

Der Doktor nahm den Hörer des Haustelefons ab und wartete einen Augenblick.

»Bist du es, Mutter? Brauchst du mich?«

Eine kreischende Stimme tönte aus dem Apparat, aber gerade das Kreischen verschluckte die Silben, und Maigret konnte kein Wort verstehen.

»Ja, ich bin jetzt beschäftigt. Würdest du mir Francis schicken?«

Sie schwiegen, bis der Diener in weißer Leinenweste eintrat.

»Sie möchten sicher keinen Whisky, nicht wahr? … Portwein wahrscheinlich auch nicht … Vielleicht einen trockenen Pouilly? Francis, eine Flasche Pouilly … und für mich das Gleiche wie immer.«

Er warf einen Blick auf die Briefe auf seinem Schreibtisch, öffnete sie aber nicht.

»Sie entschuldigen mich einen Augenblick?«

Er verließ das Zimmer hinter dem Diener. Wollte er ihn nach dem Mädchen auf der Treppe fragen? Oder begab er sich zu der Tür im Flur, um die Frau aufzusuchen, die auf der Fotografie und dem Ölbild zu sehen war?

Kommissar Mansuy hatte nicht übertrieben. Selbst im Gedränge der Straße hätte man sie nicht übersehen können. Und dennoch trat ihre außergewöhnliche Schlichtheit am deutlichsten hervor. Ihre ruhige und bescheidene Haltung. Sie wirkte scheu, beinahe eingeschüchtert von den Blicken, die sich auf sie hefteten. Es schien, als reagierte sie mit Angst auf alles, was neu oder unbekannt war.

Sie hatte große, klare Augen von einem violetten Blau und kindliche Züge, dennoch war sie sehr weiblich. Man erahnte ihre üppigen Formen, ihren weichen, anmutigen Körper.

»Entschuldigen Sie bitte, dass ich Sie allein gelassen habe ...«

Bellamy, der seinen Gast in den Anblick des Bildes versunken sah, tat, als hätte er es nicht bemerkt. Während er eine Schublade aufzog, sagte er jedoch:

»Ihre Schwester war ganz anders, wie Sie gleich feststellen werden.«

Er wählte unter mehreren Fotografien eine aus und reichte sie Maigret. Und tatsächlich unterschied sich das eher längliche Gesicht mit den unregelmäßigen Zügen deutlich. Das schlichte, hochgeschlossene Kleid verlieh dem brünetten Mädchen ein strenges, beinahe keusches Aussehen.

»Nicht wahr, sie ähneln sich nicht? Wahrscheinlich hat man Ihnen schon gesagt, dass sie nicht denselben Vater haben, andernfalls wird man es noch tun. Und das ist sehr gut möglich, sogar wahrscheinlich … Sie können ruhig zugeben, dass Sie mich früher oder später aufgesucht hätten. Unter welchem Vorwand auch immer … Ich gebe meinerseits gern zu, dass ich selbst ohne diese Ereignisse den Wunsch hatte, ein wenig mit Ihnen zu plaudern.«

Es war merkwürdig: Seine Herzlichkeit war so schlicht, so unverstellt, dass sie spröde wirkte. Er bemühte sich nicht einmal zu lächeln.

Man hörte hinter der Tür Gläser klirren, und Francis brachte ein Tablett mit einer beschlagenen Flasche, Whisky, Eis und Gläsern.

»Bitte zögern Sie nicht, Ihre Pfeife zu rauchen. Das versteht sich von selbst. Ich hätte vielleicht die Beerdigung abwarten sollen, um Sie einzuladen. Sie findet morgen statt, wie Sie wissen. Und wie Sie ebenfalls wissen, befindet sich die Leiche nicht im Haus.«

Er zog seine Uhr aus der Tasche, und Maigret begriff. Um diese Zeit etwa musste die Obduktion stattfinden.

»Ich hatte meine Schwägerin sehr gern. Genau genommen betrachtete ich sie wie meine eigene Schwester. Als sie in dieses Haus kam, war sie dreizehn und trug Zöpfe, die ihr bis über den Rücken reichten …«

Maigret dachte an das Mädchen auf der Treppe, und sein Gegenüber, das seine Gedanken erriet, zog die Brauen leicht zusammen, mit einem Anflug von Ungeduld.

»Verzeihen Sie, dass ich nicht das Gleiche trinke wie Sie. Auf Ihr Wohl! … Lili war ein nervöses, neugieriges, etwas scheues Kind und besessen von Musik. Wenn es Sie interessiert, werde ich Ihnen später ihr ›Refugium‹ zeigen, wie sie selbst es nannte.«

Er nippte an seinem Whisky, stellte das Glas ab, setzte sich an den Schreibtisch, an dem nichts auf Arbeit hinwies, und deutete auf einen Sessel.

Er überließ Maigret nicht die Initiative, was diesen weder verärgerte noch demütigte. Ein Außenstehender hätte ihn für linkisch und unbeholfen gehalten. Der Blick ziellos, die Bewegungen schwerfällig, und doch ließ sich der Doktor dadurch nicht irreleiten.

»Sie verbringen hier Ihre Ferien, wie ich hörte. Ich habe Sie mehrmals bei unserer Bridgepartie gesehen – für die meisten von uns ein unverzichtbares Ereignis. Was mich betrifft, sind es so ziemlich die einzigen Stunden am Tag, die ich außer Haus verbringe. Ich betrachte diese Gewohnheit als eine Art Hygiene. Übrigens bitte ich um Verzeihung, wenn ich mich noch nicht nach dem Befinden Ihrer Frau erkundigt habe. Sie ist in den Händen unseres besten Chirurgen. Bertrand ist ein Freund von mir.«

Er hatte nicht gelogen, als er gleich zu Anfang gesagt hatte, er interessiere sich für Maigret.

»So haben Sie sich auch mit der Atmosphäre in

unserer Klinik vertraut machen können, und mit unseren Schwestern ...«

Der Hauch eines Lächelns. Er stellte sich den grobschlächtigen Maigret zwischen den umherhuschenden Ordensschwestern vor.

Es blieb ihm noch eine Klippe zu umschiffen. Er musste diese überraschende Einladung begründen, und sein Bemühen, die Voreingenommenheit zu zerstreuen, die der Kommissar gegen ihn hätte hegen können.

Ahnte er etwas von dem Zettel, den Schwester Marie des Anges geschrieben hatte?

»Wahrscheinlich haben Sie auch schon einmal in einer so kleinen Stadt wie Les Sables gelebt. Verstehen Sie mich nicht falsch, ich mag diese Stadt und kann nichts Schlechtes über sie sagen. Ich bin hier, weil ich es so gewollt habe ...«

Er blickte mit leidenschaftlicher Hingabe auf die Umgebung, die er sich geschaffen hatte. Als sein Blick an den Jalousien haften blieb, die das Licht in Streifen schnitten, spürte man, dass er an das Meer dachte, auf das er morgens von seinem Arbeitszimmer aus hinausblicken konnte, die Segelboote und Möwen, und an die gute Seeluft mit all ihren Wohlgerüchen, die er schon beim Erwachen genoss.

»Ich liebe diese Ruhe ... mein Haus ...«

Wie er auch seine Bücher mit den kostbaren Einbänden liebte, und all die Kunstgegenstände, die darauf warteten, von seinen Händen gestreichelt zu werden.

»Ich wäre hier leicht zu einem Einzelgänger geworden. Vielleicht habe ich mir deshalb die tägliche Bridgepartie auferlegt. Das klingt natürlich, ganz selbstverständlich, finden Sie nicht? Das Leben eines jeden erscheint ganz einfach, bis zu dem Tag, an dem sich etwas ereignet und die Leute einen nicht mehr als denjenigen betrachten, der man ist, sondern nur noch im Hinblick auf dieses Ereignis. Ich denke, dass ich Sie deswegen gebeten habe, mich hierherzubegleiten. Im ersten Augenblick habe ich nicht lange nachgedacht. Unsere Blicke sind sich mehrmals begegnet … Erlauben Sie mir eine indiskrete Frage? Was hat Sie zu Ihrem Beruf geführt?«

Nun war es an Maigret, gefügig zu sein und so folgsam zu antworten wie seine »Kunden« in Paris.

»Ich habe davon geträumt, Arzt zu werden, und sechs Semester Medizin studiert. Als mein Vater gestorben ist, habe ich das Studium aufgegeben, und der Zufall hat mich zur Polizei geführt.«

Es scherte ihn nicht, ob seine Worte das Empfinden dieses vornehmen bürgerlichen Milieus stören könnten.

»Ich wollte Ihnen eben sagen«, entgegnete Bellamy, »dass Ihr Blick immer eine Diagnose zu suchen scheint. Seit zwei Tagen beobachtet man mich mit Neugier, sogar Furcht lese ich in den Blicken.

Aber ja doch, ich kann es spüren. Ich glaube nicht, dass man mich mag, denn ich gebe mir keine Mühe, mich beliebt zu machen. Wissen Sie, letztlich ist es die Haltung, die einem die Mitmenschen am wenigsten verzeihen. Deshalb bringen wahrscheinlich so wenige den Mut auf, ihr Leben zu leben, ohne sich um die Meinung der anderen zu kümmern.

Bis vor zwei Tagen hat es mich nicht geschert, was man von mir hält. Auch heute kümmert es mich nicht. Trotzdem habe ich das Bedürfnis verspürt, mich mit Ihnen zu besprechen …«

Als befürchtete er, mit diesen Worten eine gewisse Sympathie oder eine Schwäche preisgegeben zu haben, fügte er mit jenem kaum angedeuteten Lächeln, das Maigret allmählich vertraut war, hinzu:

»Vielleicht wollte ich auch einfach Verwicklungen vermeiden. Mir ist nicht entgangen, dass Sie stutzig geworden sind, dass Sie sich Klarheit verschaffen wollten, was immer es koste. Es gibt Männer, die unangenehme Dinge auf später verschieben, und andere, die sie sofort erledigen. Zu denen gehöre ich.«

»Und ich bin eins dieser furchtbar unangenehmen Dinge?«

»Nicht furchtbar unangenehm. Sie kennen mich nicht. Sie kennen die Stadt nicht. Es besteht die Gefahr, dass alles, was man Ihnen erzählt, verzerrt ist, und so etwas gefällt Ihnen nicht, geben Sie es zu. Ruhe finden Sie erst, wenn Sie die Wahrheit *spüren*.«

Er griff nach dem Foto seiner Schwägerin und betrachtete es.

»Ich hatte die Kleine sehr gern, aber ich versichere Ihnen noch einmal, dass ich nur brüderliche Gefühle für sie empfunden habe. Häufig verhält es sich anders, ich weiß es wohl. Es kommt durchaus vor, dass sich ein Mann in zwei Schwestern verliebt, noch dazu, wenn beide in seinem Haus wohnen. Das war hier aber nicht der Fall, und Lili war ihrerseits auch nicht in mich verliebt. Ich gehe sogar so weit zu sagen, dass ich das Gegenteil von dem bin, was ihr gefiel. Sie fand mich kalt und zynisch. Sie hat oft gesagt, ich hätte kein Herz.

Das alles beweist natürlich nicht, dass es tatsächlich ein Unfall war, aber …«

Maigret hörte ihm zu und dachte dabei noch immer an das Mädchen auf der Treppe. Kein Zweifel, ihre Anwesenheit hatte Doktor Bellamy schockiert. Im ersten Moment hatte er sie angesehen, als wäre sie eine Fremde, und sich offensichtlich gefragt, was sie in seinem Haus verloren hatte.

Dann aber, als sie auf dem Treppenabsatz stand, hatte er sie erkannt; das hatte sein Blick verraten. Und wahrscheinlich war ihm im selben Moment klar geworden, wen sie aufgesucht hatte.

Man musste sich hier nicht oft auf neue Gesichter einstellen. Hatte Kommissar Mansuy ihm nicht von der Eifersucht des Doktors erzählt? Und dass Bellamy seine Frau der Aufsicht seiner Mutter überließ, sobald er fortging, und sei es nur zum Bridge?

Nun aber war jemand ins Haus gekommen. Und sofort hatte Bellamy die alte Dame angerufen. Hätte der Besuch des Mädchens ihr gegolten, so konnte man annehmen, dass sie es ihm gleich mitgeteilt hätte. Auch wenn ihr Sohn in Maigrets Anwesenheit vermieden hatte, sie danach zu fragen.

Sie hatte aber nichts dazu gesagt. Also war er hinausgegangen, zu der Tür im Flur.

Was hatte der Doktor gerade gesagt?

»Das alles beweist natürlich nicht, dass es tatsächlich ein Unfall war, aber ...«

Und Maigret antwortete, ohne nachzudenken:

»Ich bin davon überzeugt, dass Sie nicht die Absicht hatten, Ihre Schwägerin umzubringen ...«

Sollte dem Doktor diese Nuance nicht entgangen sein, so ließ er sich doch nichts anmerken.

»Andere sind sich da weniger sicher als Sie und werden ihre Meinung wohl auch nicht ändern. Ich lege jedenfalls Wert darauf, Ihnen die Tür meines Hauses zu öffnen. Sie wird Ihnen auch weiterhin offenstehen. Ich hoffe, dass Sie sich davon überzeugen werden, dass es hier nichts zu verbergen gibt. Mögen Sie einen Blick in die Räumlichkeiten meiner Schwägerin werfen? Bei der Gelegenheit können Sie auch gleich meine Mutter kennenlernen. Sie hält sich wahrscheinlich gerade dort auf.«

Er trank aus und ließ auch seinem Besucher die Zeit, sein Glas zu leeren. Dann öffnete er eine Tür, und sie gingen durch eine zweite Bibliothek, in der ein grüner Diwan stand und die etwas gemütlicher wirkte. Durch die nächste Tür betraten sie einen weiteren Raum, ebenfalls dem Meer zugewandt, dessen Ausstattung nüchtern, beinahe karg war und in dem ein großer Konzertflügel viel Platz einnahm. An den Wänden hingen Fotografien von Komponisten. Es gab nur wenige Sessel, ein paar Decken und einen einfarbigen Wollteppich.

»Dies ist ihr Zimmer«, sagte der Doktor, während er auf eine weitere Tür zuschritt, die einen Spaltbreit offen stand.

Dann sagte er zu jemandem, der nicht zu sehen war:

»Mutter, ich möchte dir Kommissar Maigret vorstellen, von dem du sicher schon gehört hast.«

Aus dem Nebenzimmer drang ein Grunzen, und es erschien eine sehr kleine, sehr dicke Frau, ganz in Schwarz. Sie stützte sich auf einen Stock mit Elfenbeingriff. Ihr Blick war misstrauisch, nicht gerade freundlich. Sie musterte den Eindringling von Kopf bis Fuß und sagte bloß:

»Monsieur?«

»Ich bin untröstlich, Madame, Sie gerade heute zu stören, aber Ihr Sohn hat darauf bestanden, dass ich ihn begleite.«

Sie sah den Doktor missgelaunt an, und dieser erklärte mit seinem kaum wahrnehmbaren Lächeln:

»Monsieur Maigret verbringt seine Ferien in Les Sables. Ich hatte schon immer darauf gehofft, ihn kennenzulernen, und da er uns demnächst wieder verlassen wird, hatte ich die Befürchtung, ihn zu verpassen. Wir haben von Lili gesprochen, und ich habe ihm ihr Refugium zeigen wollen.«

»Es ist nicht aufgeräumt«, murrte sie.

Sie ließ sie dennoch eintreten, und Maigret entdeckte ein Zimmer, das fast ebenso karg war und so wenig weiblich anmutete wie das Musikzimmer; trotz der Kleider, die man aus dem Schrank genommen und auf das Bett gelegt hatte. Da gab es unter anderem eine Mütze aus schwarzem Samt ganz ohne Verzierungen, die aussah, als gehörte sie zu einer Uniform.

Nicht eine Fotografie an den Wänden oder auf den Möbeln, nichts, was auf ein Familienleben hingedeutet hätte.

»Dies ist die Umgebung, in der sie glücklich war. Sie hatte keine Freundinnen, einen Freund auch nicht. Einmal die Woche verbrachte sie einen Nachmittag in Nantes und nahm Unterricht bei ihrem Lehrer. Wenn es in der Gegend ein interessantes Konzert gab, fuhr ich sie hin ... Wir können hier hinuntergehen.«

Maigret verbeugte sich vor der alten Dame und

folgte seinem Gastgeber die Wendeltreppe hinab. Sie gelangten zurück ins Erdgeschoss und in einen Wintergarten, der in einen sehr gepflegten kleinen Park hinausführte, wo einige schöne Bäume Schatten spendeten. Zur Rechten blickte man in eine helle, geräumige Küche.

»Bereuen Sie es manchmal, zur Polizei gegangen zu sein?«

»Nein.«

»Das dachte ich mir. Und doch habe ich mir diese Frage gestellt, als ich Sie beobachtet habe.«

Sie durchschritten mehrere Zimmer, und Doktor Bellamy öffnete die Haustür.

»Was mir aufgefallen ist ... Sie haben nicht eine einzige Frage an mich gerichtet.«

»Warum auch?«

Und Maigret zündete seine Pfeife wieder an, die er beim Betreten der Räume des Mädchens mit dem Daumen gelöscht hatte.

Als er begann, sich von seinem Gast zu verabschieden, fühlte sich Bellamy etwas unbehaglich. Hatte ihn der Besuch enttäuscht? Oder beunruhigte ihn Maigrets Schweigen? Kein einziges Mal hatte der Doktor seine Frau erwähnt, und nicht einmal daran gedacht, ihr den Kommissar vorzustellen.

»Ich hoffe, Monsieur, dass mir die Freude vergönnt ist, Sie wiederzusehen.«

»Ganz meinerseits«, murmelte Maigret und ging davon.

Er war beinahe mit sich zufrieden, paffte gemächlich seine Pfeife und schlenderte Richtung Innenstadt. Dann blickte er auf die Uhr, machte kehrt, nahm seinen Rundgang dort auf, wo er sonst um diese Zeit gewesen wäre, und fand zurück zu dem vertrauten Szenario: der Hafen, die ausgebreiteten Segel, der Geruch von Heizöl und Teer, die Schiffe, die durch die Fahrrinne glitten und vor dem Fischmarkt festmachten.

Allerdings sah er sich nun nach jedem Mädchen um, blickte durch alle offenen Türen in der Hoffnung, die Kleine von der Treppe zu finden.

Sie war zwar nicht in der Tracht von Les Sables gekleidet gewesen, mit dem kurzen Rock aus schwarzer Seide, wie die meisten Fischertöchter oder die Arbeiterinnen der Sardinenfabriken, trotzdem musste sie von bescheidener Herkunft sein. Ihr Kleid war verblichen gewesen, ihre schwarzen Wollstrümpfe gestopft, und ihr kleiner, mit bunten Perlen bestickter Beutel musste aus einem Krämerladen oder von einem Markt in der Gegend stammen.

Hinter dem Hafen befand sich ein Labyrinth aus Gassen, das der Kommissar täglich erforschte. Die Häuser waren einstöckig, wenn überhaupt. Die Küche befand sich vornehmlich im Keller, und man gelangte von der Straße über eine Steintreppe hinunter. Das hatte Maigret bisher nur in Les Sables gesehen.

Vermutlich wohnte das Mädchen in diesem Viertel.

Er betrat sein Fischercafé und trank einen Weißwein. Doktor Bellamy war sicherlich, gleich nachdem er die Haustür geschlossen hatte, mit großen Schritten die breite Treppe hinauf zu seiner Frau oder seiner Mutter geeilt. Welche von beiden mochte er nach dem Besuch des Mädchens gefragt haben?

Maigret setzte seinen Weg fort, verlief sich aber und stand auf einmal vor dem Polizeikommissariat. Der Bahnhof war nicht weit. Vermutlich war gerade ein Zug eingetroffen, denn man sah Leute mit Koffern vorübergehen.

Ein Paar erregte seine Aufmerksamkeit, genau genommen blieb er stehen und stutzte, als er eine Frau erblickte, die den beiden Porträts im Arbeitszimmer des Doktors auf unheimliche Weise ähnlich sah.

Sie war nicht mehr jung, näherte sich ihren Fünfzigern, und trotzdem hatte sie die gleichen weich schwingenden blonden Haare und violettblauen Augen. Ihre Gestalt war ein wenig fülliger, und doch von einer erstaunlichen Geschmeidigkeit.

Die Frau trug ein schlichtes weißes Kostüm und einen weißen Hut. Allein dadurch fiel sie inmitten der einfach gekleideten Menschen auf der Straße auf. Sie verströmte einen Hauch von Parfum, ging zügigen Schrittes und zog einen etwa fünfzehn

Jahre älteren Mann, der verlegen wirkte, hinter sich her.

In der Hand hielt sie ein sehr luxuriöses Köfferchen aus Krokodilleder, während ihr Begleiter mit zwei Koffern beladen war. Es handelte sich zweifellos um Madame Godreau, die Mutter von Odette Bellamy und Lili.

Man hatte ihr sicherlich nach Paris telegrafiert, und sie war zur Beerdigung herbeigeeilt.

Maigret schaute dem Paar nach. In der Nähe gab es mehrere Hotels, aber sie betraten keins davon. Würden sie an der Tür jenes Hauses klingeln, das Maigret soeben verlassen hatte?

Er betrat das Kommissariat und stieg langsam die staubige Treppe hinauf. Er war erst ein Mal hier gewesen, und schon fühlte er sich zu Hause. Ohne anzuklopfen, stieß er die Tür zum Büro der Inspektoren auf, das, wie auch am Tag zuvor, beinahe leer war. Es war nach sechs Uhr und Kommissar Mansuy damit beschäftigt, die Post zu unterschreiben.

»Madame Godreau ist angekommen«, sagte Maigret und setzte sich auf die Tischkannte.

»Aha ... Natürlich, zur Beerdigung ... Aber woher wissen Sie das?«

»Ich habe sie gesehen. Sie ist gerade aus dem Bahnhof gekommen.«

»Kennen Sie sie?«

»Ein Bild von ihrer Tochter reicht aus, um sie zu erkennen.«

»Ich bin ihr nie begegnet. Sie soll noch immer sehr schön sein.«

»In der Tat ... Und sie weiß es auch.«

Noch ein paar Unterschriften.

»Gab es für Sie irgendetwas Interessantes an diesem Nachmittag?«

»Doktor Bellamy hat ziemlich viel geredet und mir sein Haus gezeigt. Sagen Sie, kennen Sie zufällig ein Mädchen, vierzehn, fünfzehn Jahre alt, groß und mager, mit einem rosafarbenen Baumwollkleid, schwarzen Wollstrümpfen und hellem Haar?«

Der Kommissar sah ihn verwundert an.

»Ist das alles, was Sie von ihr wissen?«

»Sie hat einen kleinen, mit bunten Perlen bestickten Beutel.«

»Und Ihnen ist nicht bekannt, wo sie wohnt?«

»Nein.«

»Ihren Namen kennen Sie auch nicht?«

»Weder Nachnamen noch Vornamen.«

»Und wo sie arbeitet?«

»Ich weiß nicht einmal, ob das Mädchen arbeitet.«

»Ist Ihnen klar, dass Les Sables immerhin etwa zwanzigtausend Einwohner hat und es von solchen Mädchen auf den Straßen nur so wimmelt?«

»Aber dieses eine möchte ich gern wiederfinden.«

»In welchem Viertel sind Sie ihr begegnet?«

»Bei Doktor Bellamy.«

»Und Sie haben ihn nicht gefragt ... Pardon, ich verstehe ... Das ist natürlich schon ein Hinweis ...«

Maigret lächelte, stopfte sich gemächlich eine neue Pfeife.

»Hören Sie, ich habe den Eindruck, dass ich Ihnen auf die Nerven gehe. Ich verbringe hier meine Ferien, mehr nicht. Was in Les Sables passiert, geht mich gar nichts an. Dennoch würde ich viel darum geben, dieses Kind wiederzufinden.«

»Ich kann es versuchen.«

»Ich weiß nicht, ob sie noch einmal in das Haus des Doktors kommen wird. Ich glaube es eigentlich nicht. Aber wer weiß, ob sie nicht um das Haus herumschleichen wird. Oder, was durchaus möglich ist, morgen am Weg steht, wenn der Leichenzug vorbeikommt. Vielleicht geben Sie Ihren Leuten einen kleinen Hinweis ...«

Mansuy wurde unruhig.

»Glauben Sie, er hat seine Schwägerin umgebracht? Der Gerichtsmediziner hat mich gerade angerufen ...«

»Und ich bin der festen Überzeugung, dass sein Bericht negativ ausgefallen ist.«

»Sehr richtig. Haben Sie es bereits erfahren? Der Schädel ist direkt auf der Straße aufgeschlagen. Der Körper hat sich ein-, zweimal überschlagen, überkugelt, wie man bei einem Hasen sagen würde. Aber alle Wunden stimmen mit den Rissen und Flecken an den Kleidern überein. Sie könnte natürlich gestoßen worden sein, aber sie wurde zuvor weder geschlagen, noch hat sie sich gewehrt ...«

»Man hat sie nicht gestoßen.«

»Glauben Sie also an den Unfall?«

»Ich weiß es nicht.«

»Sie haben doch aber eben gesagt, dass man sie nicht gestoßen hat ...«

»Ich weiß nichts.« Maigret seufzte und wurde ernst. »In Wirklichkeit weiß ich nicht mehr als Sie, vielleicht weniger, denn ich kenne Les Sables nicht. Aber ich möchte dieses Mädchen finden. Und ich hätte auch gern ein Gespräch mit Schwester Marie des Anges, unter vier Augen, was noch schwieriger ist. Haben Sie schon einmal eine Ordensschwester vorgeladen?«

»Nein«, erwiderte der kleine Kommissar verblüfft.

»Ich auch nicht. Also bleibt mir nur die Hoffnung, dass sie mir noch einmal schreiben wird.«

Er sprach zu sich selbst und machte keine Anstalten, sich seinem Kollegen zu erklären.

»Kommen Sie, gehen wir auf ein Gläschen ... Übrigens, hat Ihr Polyte gestern gestanden?«

»Er gesteht nie. Er hat in seinem Leben noch nichts gestanden. Wir haben ihn mindestens zehn Mal auf frischer Tat ertappt, und jedes Mal leugnet er hartnäckig.«

Sie setzten sich in ein Café, in dem vor allem Stammgäste verkehrten. Den ganzen Weg dorthin hatte Maigret darauf gehofft, das Mädchen zu entdecken, und sich nach ihm umgeschaut.

»Sehen Sie, Mansuy, da ist irgendetwas, was wir noch nicht wissen. Irgendetwas stimmt da nicht, und ich habe den Eindruck, wenn wir dieses Mädchen finden könnten ...«

Dieses Mal nahm er einen Aperitif und keinen Weißwein. Als Mansuy darauf bestand, eine Runde auszugeben, trank er einen zweiten, zusätzlich zu den vielen Gläsern Weißwein, die er sich an diesem Tag bereits genehmigt hatte. Rauchschwaden umwaberten seinen Kopf, und der penetrante Geruch von Alkohol war bereits auf dem Gehsteig, in einiger Entfernung vom Café, auszumachen.

»Hören Sie zu, Mansuy ...«

Er packte den Arm seines Kollegen.

»Ich glaube, es ist wichtiger, als es scheint, diese Kleine zu finden ... Wie ich schon sagte, es geht mich ja nichts an ... Ich spreche gar nicht mal als Mann vom Fach ...«

»Wenn Sie wollen, gehen wir zurück ins Kommissariat, und ich werde gleich heute Abend einen Vermerk schreiben.«

»Ist Ihnen bekannt, ob der Diener des Doktors verheiratet ist und ob er im Haus schläft?«

Der arme Mansuy hätte sich bestimmt niemals

träumen lassen, dass ein Kommissar der Pariser Kriminalpolizei auf so eine Weise ermittelt.

»Ich erkundige mich ... Ich muss gestehen, dass ich mir darüber noch keine Gedanken gemacht habe ...«

Maigret sprach zu sich selbst.

»Dadurch ließe sich herausfinden ...«

Dann zu Mansuy:

»Gehen wir in Ihr Büro zurück, einverstanden? ... Und seien Sie mir nicht böse ... Ich kann es Ihnen nicht erklären ... Mein Gefühl sagt mir, dass es gut wäre, wenn ...«

Sie betraten das Büro des Sekretärs im Erdgeschoss, wo eine Kaffeekanne auf einem kleinen Spirituskocher stand.

»Sagen Sie, Dubois, kennen Sie eigentlich den Diener von Doktor Bellamy?«

»Ein Blonder? Ziemlich jung?«

Maigret übernahm es, zu antworten:

»Ja, er heißt Francis ...«

»Er ist Belgier«, bestätigte der Sekretär. »Ich kann mich erinnern, dass er zwei oder drei Mal hier war, um seine Aufenthaltserlaubnis zu verlängern.«

»Verheiratet?«

»Augenblick ... Er steht auf meiner Liste ... Ich gehe sie gleich holen.«

So einfach war es nicht. Die Liste blieb unauffindbar. Der Sekretär vom Dienst hatte das Kommissariat bereits verlassen und einige Schubladenschlüssel mitgenommen. Schließlich fanden sie die Liste an einer Stelle, wo sie nicht hingehörte.

»So ... Francis-Charles-Albert Decoin, geboren in Huy, zweiunddreißig, verheiratet mit Laurence Van Offel, Köchin. Auch sie hat ihre Aufenthaltserlaubnis verlängern lassen. Augenblick ... Hôtel du Remblai ... Ach nein, da ist sie nicht mehr ... Ihre letzte Adresse war das Hôtel Bellevue. Dort hat sie noch vor zwei Monaten als Küchenmädchen gearbeitet.«

Mansuy sah Maigret immer noch neugierig an. Als sie das Kommissariat verließen, fragte er schüchtern:

»Wollen Sie wirklich ...«

Er zeigte auf die Stadt, die Hotels. Würde sein berühmter Kollege tatsächlich damit beginnen, ungewisse Adressen abzugehen und die Portiers und das Personal auszufragen, als wäre er ein Inspektorenanwärter?

»Wenn Sie gestatten, werde ich jemanden von meinen Leuten beauftragen ...«

Tatsächlich? Gerade in dem Augenblick, da Maigret endlich wieder mit beiden Beinen auf dem Boden stand? Warum nicht auch gleich Schwester Marie des Anges und Doktor Bellamy vorladen?

Endlich wusste er, was er tun musste.

Etwas, das vielleicht belanglos war, bedeutungslos ...

Trotzdem schob er die Hände tief in die Taschen,

als wäre es mitten im Winter, und biss ein wenig fester auf das Mundstück seiner Pfeife.

»Halten Sie mich auf dem Laufenden? … Ich lasse aber trotzdem nach dem Mädchen suchen, nicht wahr?«

Maigret vergaß zu antworten, gab ihm an der nächsten Straßenecke die Hand und wandte sich gleich dem imposanten Hôtel Bellevue zu, dem luxuriösesten Haus am Remblai.

Ein Küchenmädchen! Endlich etwas anderes als die immergleichen Nonnen und Neurologen.

»Hören Sie«, wandte er sich an den Portier, »ich möchte mit Laurence Decoin sprechen. Sie arbeitet in der Küche.«

»Da müssen Sie zum Lieferanteneingang gehen … Links um die Ecke ist eine Sackgasse. Dort sehen Sie einen Lastenaufzug, und gleich daneben, die Tür mit den Milchglasscheiben, die ist es.«

Kurz darauf – und ohne dass ihn jemand hereingebeten hätte – stieg Maigret die verdreckte Hintertreppe in die Hotelkulissen hinauf, die an ein Provinztheater erinnerten. Als er zwischen den Flügeln einer Schwingtür, durch die geschäftige Kellner hinein- und hinauseilten, einen hünenhaften Metzger ansprach, sah dieser von oben auf ihn herab.

»Was ist los?«

»Ich möchte mit Laurence Decoin sprechen.«

Der Metzger geriet beinahe außer sich.

»Und was sonst noch? ... Wen darf ich melden, junger Mann?«

»Einen Freund.«

»Wirklich? ... Laurence!«, rief er nach hinten. »Komm her, ich will dir einen Freund vorstellen! Scheint *dein* Freund zu sein ...«

Eine füllige Blonde näherte sich und wischte sich die Hände an der Schürze ab. Es war gleich offensichtlich, dass der junge Diener des Doktors bei ihr nicht viel zu sagen hatte. Der behaarte Metzger hingegen flößte ihr einen Heidenrespekt ein.

»Den Mann da, Fernand, den kenn ich nicht!«, keifte sie mit breitem Akzent.

»So, und jetzt? ... Was sagen Sie dazu?«

Er kam näher, eisenhart und bedrohlich wie ein Panzer.

Maigret spürte, wie er auflebte.

4

Bitte verzeihen Sie«, sagte er ausgesprochen höflich. »Es stimmt natürlich, dass ich die Dame
nicht kenne und noch nie zuvor gesehen habe. Ich
möchte sie nur fragen, wo ich ihren Mann außerhalb
des Hauses seines Dienstherrn antreffen könnte.«

Sogleich wandte sich die Blonde triumphierend an
Fernand:

»Da hast du es, du eifersüchtiger Kerl, es ist nicht
so, wie du meinst ...«

Und zu Maigret:

»Was hat Francis denn wieder ausgefressen?«

Neben ihnen war eine Tür. Sie führte in einen langen, schmalen und dunklen Raum. Die Luke war
viel zu hoch eingelassen, sodass den ganzen Tag das
Licht brannte. An der Längsseite standen ein Tisch
und zwei Bänke, wie in einer Kaserne. Es war die
Kantine für das Personal. Ganz hinten saßen zwei
Etagenkellner und aßen schweigend. Sie führten den
Kommissar hinein, damit er die geschäftigen Kellner
nicht aufhielt.

»Sie sind von der Polizei, wie? Kann mir übrigens
egal sein. Wär mir sogar recht, wenn er mal ein-

kassiert würde, dann hätte ich es leichter mit der Scheidung. Stimmt doch, Fernand?«

Sie war von gedrungener Statur, glich einem aufgegangenen Hefeteig und hatte zugleich etwas Frisches an sich mit ihrer lustigen Stupsnase.

»Wenn ich nur daran denke, dass ich mit dem, was ich hier verdiene, das Internat für den Jungen bezahlen muss, bloß weil sich dieser Faulpelz taub stellt …«

»Sie leben nicht mit ihm zusammen?«

Nun mischte sich Fernand ein, um die Sache ein für alle Mal klarzustellen.

»Seit zwei Jahren leben *wir* zusammen.«

»Wissen Sie, ob er ein Zimmer in der Stadt hat?«

Die dicke Laurence brach in Gelächter aus:

»Ein Zimmer, ja, mit allem, was dazugehört! Und Pantoffeln unter dem Bett …«

Plötzlich wurde sie misstrauisch:

»Sie sind nicht von hier, oder?«

»Ich komme aus Paris.«

»Jemand von hier müsste schließlich wissen, dass Francis was mit der Popine hat …«

»Mit der Popine?«

»Na, mit der Mutter Popineau … der Fischhändlerin. Die hat einen schicken Laden an der Ecke Rue de la République. Ein Luder ist das. Die will es ganz genau wissen … soll schon drei Ehemänner verschlissen haben, und die waren nicht von Pappe.

Am Totensonntag ist sie immer sehr beschäftigt …
Der arme Francis wird es auch nicht lange machen.
Ich möcht mal wissen, wie das Würstchen es fertig-
bringt, ihr zu genügen … Jedenfalls können Sie ihn
ziemlich sicher abends ab zehn bei ihr antreffen …
Sagen Sie mal, ist es was Schlimmes?«

Maigret wich der Antwort aus, um mehr zu erfahren.

»Er kann es sich nicht verkneifen, was mitgehen
zu lassen … Dabei verkauft er es nicht mal, sondern
verschenkt alles an Frauen … Er muss vor ihnen
immer dicke tun …«

Sie lachte und zwinkerte Fernand zu:

»Man tut halt mit dem dicke, was man hat, stimmt
doch, Monsieur?«

Maigret aß allein in einer Ecke zu Abend. Der Ausdruck auf seinem Gesicht entsprach nicht ganz dem,
was man im Hôtel Bel Air von ihm gewohnt war.
Monsieur Léonard erwartete ihn vergeblich zum
abendlichen Plausch im Hinterzimmer. Als er seine
Mahlzeit beendet hatte, ging er in die Dunkelheit
hinaus. Die Gaslaternen warfen ihre Lichtkegel in
die Nacht, selbst die Wellen leuchteten.

Es war noch zu früh, kaum halb zehn. Er ging am
Haus des Doktors vorbei, dort brannte Licht. Dann
kam der Hafen mit den kleinen Bistros, an denen
man nicht vorübergehen kann. Er hätte kaum zu

sagen vermocht, was er dachte. Es war undeutlich, verworren. Das fing mit Schwester Marie des Anges an und der süßlichen, klösterlichen Atmosphäre, die auch auf Madame Maigret abgefärbt hatte.

Dann der Doktor mit seinem schönen Patrizierhaus, seinen klaren Sätzen und den scharfen Blicken.

Und plötzlich war er einem Mädchen mit hellem Haar gefolgt, das ihn in die düsteren Kulissen des Hôtel Bellevue geführt hatte, wo er auf Fernand, den Metzger, und die dicke Laurence mit dem lauten Lachen getroffen war.

Kaum jemand ging noch durch die engen Straßen, in denen hier und dort das gelbe Viereck eines Ladens aufleuchtete. Die meisten Fenster standen offen. Die Leute gingen früh zu Bett, und von der Straße aus ahnte man, wie sie sich in den schweißfeuchten Betttüchern wälzten. Bisweilen hörte er ein deutliches Flüstern hinter einem dunklen Fenster, und er kam sich vor, als belauschte er intime Geheimnisse, und war versucht, wie in der Klinik auf Zehenspitzen zu gehen.

Er ließ sich das Haus von Madame Popineau zeigen, das sich in dem neuen Stadtteil am Ende des Hafenbeckens befand. Es war ein hübsches Haus aus rosafarbenem Backstein. Die Fensterläden des Geschäfts waren geschlossen. Es gab einen privaten Eingang, eine Tür aus lackiertem Eichenholz mit einem Briefkasten und einem Messinggriff. Er beugte sich hinunter, wie er es als Kind getan hatte, und sah Licht durchs Schlüsselloch.

Es war elf, als er läutete. Er hörte, wie ein Stuhl zurückgeschoben wurde, Stimmen, Schritte. Die Tür ging auf, sie führte in einen Flur, in dem es nach Linoleum roch. Auf der rechten Seite standen ein Kleiderständer aus Bambus und einige Grünpflanzen in Keramiktöpfen.

»Entschuldigen Sie, Madame ...«

Vor ihm stand eine Frau von ähnlicher Statur wie die dicke Laurence, gedrungen und füllig, aber brünett, in der Tracht von Les Sables, mit einer hübschen gestärkten Haube, die ihrem Gesicht einen hellen Teint verlieh.

»Was gibt's?«, fragte sie und versuchte, seine Züge im Dunkeln zu erkennen.

»Ich hätte gern kurz mit Francis gesprochen.«

»Kommen Sie rein.«

Die Tür auf der linken Seite stand offen. Sie führte ins Esszimmer, das neu gemacht schien, mit dem rot-gelben Linoleum, den Kupfertöpfen, dem Nippes und den Henri-II-Möbeln.

Doktor Bellamys Diener – in Filzpantoffeln, ohne Jacke, ohne Weste, das Hemd auf der Brust geöffnet – saß tief versunken in einem Sessel, die Beine übereinandergeschlagen, ein Gläschen in Reichweite, die Pfeife im Mund, und las seelenruhig die Zeitung.

Ihm gegenüber stand ein anderer Sessel, der von Popine, daneben ebenfalls ein Gläschen und eine Illustrierte.

»Monsieur Maigret möchte dich sprechen, Francis ...«

Der Belgier war weniger erstaunt als Maigret selbst.

»Kennen Sie mich?«, fragte der Kommissar.

»Meinen Sie denn, ich hätte Sie nicht jeden Tag vorbeigehen sehen? Schon vor einer Woche habe ich Sie erkannt ... Ich habe zu Babette gesagt: ›Wenn das nicht der berühmte Kommissar Maigret ist, Kindchen, will ich nicht mehr die Popine sein ...‹

Irgendwo muss noch eine Illustrierte von vor drei Wochen rumliegen, mit einem Artikel über Sie und einem schönen Foto ...«

Francis war aufgestanden. Er schien verlegen zu sein, als käme er sich vor Maigret nackt vor ohne seine Livree.

»Hab doch keine Angst, Francis! Ich bin sicher, dass er nicht deinetwegen hier ist, sondern wegen deinem Chef ... Störe ich, Herr Kommissar? Ich kann in mein Zimmer gehen ... Wenn Sie allerdings Auskünfte wünschen, so kann ich Ihnen vermutlich besser dienen als Francis. Nehmen Sie bitte Platz. Sie trinken doch ein Gläschen mit uns, nicht wahr? ... Ich muss Ihnen sagen, dass ich mich immer schon leidenschaftlich für Verbrechen interessiert habe, daher kenne ich Sie seit mindestens fünfzehn Jahren. Wenn ich von einem herrlich verwickelten Mord lese, dann sag ich mir immer: ›Das ist ein Fall für Kommissar Maigret.‹

Am Morgen schlage ich als Erstes die Zeitung auf, noch bevor ich das Kaffeewasser aufsetze ...«

Maigret setzte sich. Es war gar nicht anders möglich in dieser gemütlichen, beinahe familiären Atmosphäre. Die Fischhändlerin war bestimmt sehr stolz auf ihre Möbel, die tadellosen Kupfertöpfe und ihren Nippes, auf diese typisch kleinbürgerliche Häuslichkeit.

Im Grunde unterschieden sich ihre Träume gar nicht so sehr von denen Madame Maigrets.

Francis war nicht gerade wohl zumute, er wollte sein Jackett anziehen. Doch Madame Popineau hinderte ihn daran.

»Vor dem Kommissar musst du dich doch nicht genieren, Francis! Wenn das alles stimmt, was man über ihn schreibt, dann ist es ihm gleichgültig, ob du in Hemdsärmeln bist. Er wird es sich selbst gern bequem machen.«

Eine Tür auf der linken Seite führte in das ganz aus Marmor bestehende Geschäft, aus dem ein süßlicher Fischgeruch herüberdrang.

»Glauben Sie, Monsieur Maigret, dass es ein Unfall war?«

Nahm das denn gar kein Ende? Schon bei Doktor

Bellamy hatte er sich einem regelrechten Verhör unterziehen müssen.

»Seien Sie übrigens versichert, dass ich diesem Mann nichts Schlechtes nachsagen will. Ich habe ihn schon als Kind gekannt ... Ich schäme mich nicht zuzugeben, dass ich drei oder vier Jahre älter bin als er.«

Sie hatte sich sehr gut gehalten und wirkte noch immer anziehend, obgleich sie die fünfzig überschritten hatte. Sie hatte Maigrets Glas gefüllt und hielt ihm ihres entgegen, um anzustoßen.

»Auch seinen Vater habe ich gekannt ... Er war aus demselben Holz geschnitzt ... nicht gerade gesprächig ... Und trotzdem kann man nicht behaupten, sie seien überheblich ... Das sind eben feine Herren, aber sie lassen es einen nicht immerzu spüren. Bei der Mutter hingegen, da liegen die Dinge anders. Diese Dame, Monsieur Maigret, gestatten Sie Popine, es frei heraus zu sagen, die ist eine wahre Plage ... Und sollte tatsächlich etwas Schreckliches vorgefallen sein, dann trägt sie die Schuld, da bin ich mir sicher ... Glauben Sie, dass man den Doktor verhaften wird?«

»Davon ist nicht die Rede.«

Maigret befand sich in einer heiklen Situation. Er hatte nicht den Auftrag zu ermitteln. Er wollte lediglich eine einfache Auskunft. Und dank dieser Popine würde am nächsten Tag die ganze Stadt wissen, dass Kommissar Maigret sich mit Doktor Bellamy befasste.

Das konnte üble Folgen haben, und trotzdem bereute Maigret es nicht, hier zu sein. Er rauchte seine Pfeife in kleinen Zügen, wärmte das Glas zwischen seinen Händen und wandte die Augen ab, sobald sie die Beine der dicken Madame Popineau streiften, die die Angewohnheit hatte, ihre Knie leicht geöffnet zu halten, sodass ein beträchtliches Stück ihrer rosafarbenen Haut oberhalb der schwarzen Strümpfe zu sehen war.

Es gelang ihm, zu Wort zu kommen.

»Ich hätte Francis gern eine Frage gestellt …«

»Wie haben Sie erfahren, dass ich hier bin?«

Maigret war im Begriff, eine beliebige Antwort zu geben, aber Popine kam ihm zuvor.

»Ach, mein Junge, was bildest du dir ein? Darüber weiß doch die ganze Stadt Bescheid! Im Übrigen, Monsieur Maigret, bin ich gern bereit, ihn zu heiraten. Er wäre nicht der Erste … Nur leider hat er schon eine Frau, und die will von Scheidung nichts hören …«

»Sagen Sie, Francis … Heute Nachmittag, als ich bei Doktor Bellamy war, kam ein Mädchen aus einem Zimmer im ersten Stock. Ich nehme an, dass Sie ihr geöffnet haben.«

»Ich bin immer derjenige, der die Tür öffnet«, erwiderte er.

»Sie haben sie also gesehen. Wissen Sie, wer sie ist?«

»Das habe ich mich auch gefragt.«

»Sie kennen sie also nicht?«

»Nein. Sie ist bereits zum zweiten Mal ins Haus gekommen. Das erste Mal am 2. August, als Madame sehr krank war ...«

»Einen Augenblick, Francis.«

»Liebling, langsam, lass den Kommissar zu Wort kommen ...«

»Der Unfall, bei dem Mademoiselle Godreau umgekommen ist, hat sich am 3. August ereignet, das stimmt doch?«

»Das stimmt ... Am Tag des Konzerts.«

»Also am 2. August, sagen Sie, ist Madame Bellamy sehr krank gewesen?«

»Ja. Sogar schon am 1. August. Sie ist nicht mal aufgestanden ...«

»Ist sie oft krank?«

»Ich habe noch nie erlebt, dass sie den ganzen Tag im Bett geblieben ist ...«

»Hat man einen Arzt kommen lassen?«

»Monsieur hat sie behandelt. Er ist ja Arzt.«

»Natürlich ...«

Nur würde ein Arzt, noch dazu ein Facharzt, seine Angehörigen eher von einem Kollegen behandeln lassen.

»Wissen Sie, was ihr gefehlt hat?«

»Nein.«

»Sind Sie in ihrem Zimmer gewesen?«

»Aber nein! Selbst wenn sie außer Haus ist, ist es mir verboten. Doktor Bellamy duldet es nicht, dass ein Mann die Räume seiner Frau betritt. Ein einziges Mal, als niemand zu Hause war und Jeanne, das Dienstmädchen, in ihren Räumen zu schaffen hatte, bin ich eingetreten … aber kaum zwei Schritte, und auch nur, weil ich Jeanne etwas sagen musste.«

»Du hast also lediglich mit ihr geredet?«

»Der Doktor ist lautlos eingetreten … Niemals vorher war er so schroff zu mir … Für einen Augenblick dachte ich, er würde mich ohrfeigen.«

»Also«, wiederholte Maigret, »am 1. August, zwei Tage vor dem Tod ihrer Schwester, war Odette Bellamy krank und hat das Bett gehütet. An diesem Tag, sagten Sie, hat das Mädchen sie zum ersten Mal besucht …«

»Nicht am 1. August, am 2.«

»Sie haben ihr die Tür geöffnet. Wie spät war es da?«

»Etwa halb fünf.«

»Mit anderen Worten, um die Zeit, zu der der Doktor in der Brasserie du Remblai Karten spielt … Man könnte ihn vom Gehsteig aus sehen, sich vergewissern, dass er nicht zu Hause ist …«

»Wahrscheinlich …«

»Was hat das Mädchen zu Ihnen gesagt?«

»Sie wollte Madame Bellamy sprechen … Ich habe erst gedacht, sie meint die alte Dame.«

»Wo war Bellamys Mutter zu der Zeit?«

»In der Wäschekammer. Es war der Tag, an dem für gewöhnlich die Schneiderin kommt.«

»Das erkläre ich Ihnen«, sagte Popine. »Sie ist ein entsetzlicher Geizkragen und würde sich ihre Kleider am liebsten selbst nähen. Von ihrer alten buckligen Schneiderin wird sie aufs Geratewohl ausstaffiert, aber das ist ihr gleichgültig, wenn es nur nicht viel kostet. Ich kann Ihnen Geschichten erzählen … Einmal rief sie mich an und bestellte Fisch vom Vortag für das Personal …«

»Entschuldigen Sie bitte, erlauben Sie …«

»Pardon, ich habe mich zu entschuldigen. Nur zu, fahren Sie fort!«

»Haben Sie das Mädchen hinaufbegleitet?«

»Nein, ich habe ihr geantwortet, dass Madame keinen Besuch empfängt. Sie hat mich gebeten auszurichten, dass sie die kleine Lucile sei und ihr etwas sehr Wichtiges mitzuteilen habe.«

»Sie sind also in Madame Bellamys Räumlichkeiten gegangen, um es ihr auszurichten?«

»Aber nein! Ich habe Jeanne gerufen … Ich war überzeugt, dass Madame das Mädchen nicht empfangen würde. Aber im Gegenteil, sie hat die Kleine heraufkommen lassen.«

»Ist sie lange geblieben?«

»Ich weiß nicht … Ich bin wieder in den Anrichteraum gegangen, um das Silber zu putzen.«

»Wissen Sie eigentlich, Monsieur Maigret, dass Francis meine Kupfertöpfe poliert? … Obwohl ich den ganzen Tag eine Haushaltshilfe beschäftige, will er sie unbedingt selbst auf Hochglanz bringen. Er behauptet, Frauen verstehen nichts davon …«

»Als sie heute wiederkam, ließen Sie sie da sofort hinauf?«

»Ich musste sie nicht mal anmelden. Jeanne stand bereits auf dem Treppenabsatz und rief mir zu, ich solle sie raufschicken.«

»Mit anderen Worten, diesmal hat Madame Bellamy Lucile erwartet?«

»Ich nehme es an.«

»Lauschen Sie niemals an der Tür?«

»Nein.«

»Warum nicht?«

»Wegen der alten Dame … Sie macht einen sehr schwerfälligen Eindruck, als wäre sie geradezu steif. Sie stützt sich auf ihren Stock, als könnte sie sich kaum aufrecht halten, und dann, wie aus dem Nichts, steht sie plötzlich hinter einem. Den ganzen Tag schleicht sie durchs Haus.«

»Eine Plage! … Und das Schlimmste, Monsieur Maigret: Diese Frau stammt nicht mal aus gutem Hause. Wenn sie mit der Köchin einkaufen geht, blafft sie uns an, als wären wir Dreck. Sie vergisst, dass ihr Vater ein Säufer war, den man vom Gehsteig auflesen musste, und ihre Mutter eine Aufwartefrau … Sie war ein hübsches Mädchen, das schon … Kaum zu glauben, wenn man sie heute sieht.«

»Sagen Sie, Madame Popineau …«

»Bitte nennen Sie mich doch Popine, wie alle anderen …«

»Sagen Sie, Popine, Sie kennen sich hier doch aus, haben Sie eine Ahnung, wer diese Lucile sein könnte?«

»Vor zehn Jahren hätte ich noch was dazu sagen können … Damals bin ich mit meinem Karren von Tür zu Tür gezogen, um den Fisch zu verkaufen. Wie Sie sich vorstellen können, kannte ich da alle Gören in der Stadt …«

»Sie ist groß und mager, ihr Haar ist hell und etwas strohig.«

»Hat sie Zöpfe?«

»Nein.«

»Schade, denn ich kenne eine mit Zöpfen … Die Tochter des Böttchers.«

»Ist sie vierzehn bis fünfzehn?«

»Wahrscheinlich älter. Sie ist schon ganz hübsch gepolstert … hat einen schönen kleinen Busen.«

»Denken Sie nach …«

»Mir fällt sonst niemand ein … Allerdings brauchen Sie mir nur bis morgen Mittag Zeit zu geben. Ich habe so viel Kundschaft, da brauche ich nicht lange, um das rauszukriegen. Die Stadt ist schließlich nicht so groß …«

Maigret sollte sich etwas später an diese Worte erinnern. *Die Stadt ist schließlich nicht so groß!*

»Haben Sie den Eindruck, Francis, dass Ihre Herrschaften sich gut verstehen?«

Der Belgier wusste nicht, was er antworten sollte.

»Gibt es häufig Streit?«

»Niemals.«

Allein der Gedanke, dass man sich mit dem Doktor streiten könnte, schien ihn zu verblüffen.

»Kommt es vor, dass er schroff ist zu seiner Frau?«

»Nein, Monsieur …«

Maigret begriff, dass er deutlicher werden musste.

»Wirken sie heiter, wenn sie zusammen sind, bei Tisch zum Beispiel? Sie servieren doch bei Tisch?«

»Ja, Monsieur.«

»Unterhalten sie sich angeregt?«

»Doktor Bellamy ist sehr gesprächig, seine Mutter auch …«

»Haben Sie den Eindruck, dass Madame Bellamy glücklich ist?«

»Manchmal … Schwer zu sagen … Wenn Sie den Doktor besser kennen würden …«

»Versuchen Sie, das näher zu erklären.«

»Das kann ich nicht … Er ist kein Mann, mit dem man spricht wie mit jedem anderen … Er sieht einen an, und man fühlt sich ganz klein …«

»Fühlt sich seine Frau ganz klein vor ihm?«

»Vielleicht, manchmal … Es kommt vor, dass sie spricht wie alle anderen. Sie erzählt etwas und lacht dabei. Dann blickt sie ihn an und hält augenblicklich inne …«

»Eher wenn sie ihre Schwiegermutter anblickt«, mischte sich Popine ein. »Sie müssen wissen, Monsieur Maigret, dass eine junge Frau wie Odette – auch sie habe ich schon als kleines Kind gekannt, aber damals war sie nicht so stolz –, ich meine, dass eine junge Frau wie sie nicht dazu geschaffen ist, um mit einer Hexe zusammenzuleben. Und die alte Bellamy ist eine Hexe. Die sollte nicht am Stock gehen, sondern auf einem Besen reiten!«

Kurz erinnerte sich Maigret daran, wie der sanfte Mansuy versucht hatte, diesen Polyte zu verhören. Der hatte hartnäckig geschwiegen, den Mund nur unter Androhung drakonischer Strafen aufgemacht, und das auch nur, um zu leugnen, was sonnenklar war.

Diese beiden hier redeten im Überfluss. Und doch war es ebenso schwierig, an die Wahrheit zu gelangen.

Er spürte, sie war zum Greifen nah. Er konnte sie geradezu riechen, versuchte in Gedanken, jedem den richtigen Platz zuzuweisen, zum Beispiel am Familientisch, aber immer trat ein Detail hervor, das hakte, und die Rechnung ging nicht auf.

Es war nicht leicht, die Leute aus der Perspektive des Dieners zu betrachten, des Liebhabers von Madame Popineau.

»Womit hat Madame Bellamy ihre Zeit verbracht, bevor sie krank wurde?«

Armer Francis! Popine ermunterte ihn, flüsterte ihm Antworten zu, als säßen sie in der Schulbank. Er wäre dem Kommissar gern behilflich gewesen und setzte alles daran, sich so klar wie möglich auszudrücken.

»Ich weiß nicht ... Zunächst blieb sie sehr lange in ihrem Schlafzimmer und ließ sich das Frühstück bringen ...«

»Wann?«

»Gegen zehn.«

»Moment ... Haben der Doktor und Madame Bellamy getrennte Schlafzimmer?«

»Es gibt zwar zwei Schlafzimmer und zwei Bäder, aber mir ist noch nie aufgefallen, dass Monsieur in seinem Zimmer geschlafen hätte.«

»Auch nicht in den letzten Tagen?«

»Verzeihung ... Seit dem 3. August schläft er allein. Am Tag ging Madame oft in das Musikzimmer ihrer Schwester. Sie saß in einer Ecke und las, während sie der Musik zuhörte ...«

»Las sie viel?«

»Ich habe sie fast immer mit einem Buch in der Hand gesehen.«

»Ging sie aus?«

»Selten ohne ihren Mann. Wenn, dann mit ihrer Schwiegermutter ...«

»Nie allein?«

»Das mag vorgekommen sein ...«

»In der letzten Zeit öfter als früher?«

»Ich weiß es nicht ... Das Haus ist groß, wissen Sie ... Im Anrichteraum hängt eine kleine Tafel, die hat die Mutter des Doktors angebracht. Wir sind drei Hausangestellte: die Köchin, Jeanne und ich. Auf der Tafel steht unser Stundenplan für den Tag. Zu einer bestimmten Zeit haben wir in einem bestimmten Raum zu sein und unsere Arbeit zu verrichten, und es ist ein Drama, wenn man uns anderswo antrifft.«

»Haben sich die beiden Schwestern gut verstanden?«

»Ich glaube, ja ...«

»Zeigte sich Lili bei Tisch fröhlicher oder gesprächiger als Odette?«

»Da gab es keinen Unterschied ...«

»Ich möchte Ihnen noch einmal meine Frage von vorhin stellen und bitte Sie, gut nachzudenken: Sind Sie sicher, dass es der 1. August war, zwei Tage vor dem Tod ihrer Schwester, an dem Madame Bellamy krank wurde?«

»Ich bin mir sicher.«

»Wo empfängt der Doktor seine Patienten?«

»Nicht im Haus, sondern im Nebengebäude im hinteren Teil des Gartens. Das Nebengebäude hat einen eigenen Zugang, der direkt auf eine kleine Straße führt.«

»Wer öffnet den Patienten die Tür?«

»Niemand. Sie drücken einen Knopf, und die Tür öffnet sich von allein. Die Patienten gelangen in einen Vorraum, in dem sie auf den Doktor warten. Es kommen wenige, und nur nach Vereinbarung ... Der Doktor ist nicht darauf angewiesen, wissen Sie?«

»Trinken Sie aus, Monsieur Maigret, damit ich nachschenken kann!«

Er leerte sein Glas, ließ es wieder füllen und stieß erneut mit Popine und Francis an. Die beiden waren beeindruckt von der Ernsthaftigkeit, mit der der Kommissar seine Nachforschungen betrieb, und ahnten dunkel, welche Anstrengung es bedeutete.

»Es ist wirklich nicht leicht«, sagte die Fischhändlerin, als wollte sie ihn trösten, »herauszufinden, was in diesen großen Häusern vor sich geht ... Leute wie wir tragen das Herz auf der Zunge. Aber andere ...«

»Sehen Sie«, unterbrach sie Francis, »allein heute Abend ... Gewöhnlich warte ich, bis Monsieur nach seinem Whisky klingelt ... Jeden Abend gegen zehn Uhr, wenn er in der Bibliothek ist, trinkt er ein letztes Glas Whisky ... Auch wenn ich im Haus ein Zimmer habe, weiß er wohl, dass ich nicht dort schlafe ... Ich stelle das Tablett auf den Schreibtisch, gebe Eis in das Glas, und er sagt dann jedes Mal: ›Gute Nacht, Francis, Sie können gehen.‹

Aber heute Abend ...«

Er spürte Maigrets gespannte Aufmerksamkeit und wurde verlegen, als befürchtete er, ihn aufs Neue zu enttäuschen.

»Es ist nur eine Kleinigkeit ... Ich habe dran gedacht, weil Popine eben gesagt hat, dass man niemals weiß, was in diesen großen Häusern vorgeht ... Gewöhnlich bereite ich schon alles vor, stelle es auf das Tablett und starre bisweilen eine Viertelstunde lang auf die Uhr ... Um diese Zeit bin ich allein. Jeanne liegt in ihrem Zimmer auf dem Bett, raucht Zigaretten und liest Romane. Die Köchin ist verheiratet und schläft in der Stadt. Um Viertel nach zehn, als Monsieur noch immer nicht geklingelt hatte, bin ich leise mit dem Tablett hinaufgegangen. Unter seiner Tür war Licht. Ich habe eine ganze Weile gewartet und dann durch das Schlüsselloch geschaut ... Er saß nicht an seinem Platz ... Ich habe angeklopft, aber es war niemand da. Ich bin durch das ganze Haus gegangen, habe selbstverständlich nicht die Räumlichkeiten von Madame betreten, aber der Doktor war nicht da ... weder im Erdgeschoss noch in seiner Praxis im Nebengebäude ... Ich bin zu Jeanne hoch, und sie hat mir gesagt, er sei auch nicht bei seiner Frau, die habe sich eingeschlossen.«

»Moment ... Schließt sie sich für gewöhnlich ein?«

»Nicht, wenn Monsieur fort ist. Übrigens habe ich nicht weiter darauf geachtet und um halb elf das Tablett hingestellt. Dann bin ich gegangen ... Es war das erste Mal, dass er ausgegangen ist, ohne Bescheid zu geben, und obendrein hat er das Licht brennen lassen ...«

»Sind Sie sicher, dass er ausgegangen ist?«

»Sein Hut hing nicht am Kleiderständer.«

»Hat er den Wagen genommen?«

»Nein, ich habe in der Garage nachgesehen ...«

In diesem Augenblick blickten Popine und Francis mit dem gleichen Erstaunen, das sich kurz darauf in Furcht verwandelte, auf Maigret, der sich mit finstrer Miene erhoben hatte.

»Haben Sie ein Telefon?«, fragte er.

Er musste in das Geschäft gehen und sich mit dem Ellbogen gleich neben der Waage aus Emaille auf den eiskalten Marmortresen stützen.

»Hallo! ... Brasserie du Remblai? ... Sagen Sie, haben Sie heute Abend Doktor Bellamy gesehen?«

Man fragte ihn nicht, wer er sei.

»Nein, nicht am Nachmittag ... Nach dem Abendessen, ja ... Sie haben ihn also nicht gesehen? ... Einen Augenblick, bitte ... Ist der Polizeikommissar bei Ihnen? ... Abends kommt er nie? ... Mademoiselle, bitte nicht unterbrechen … Ist der Kellner am Apparat? … Der Wirt? … Ist jemand von den Bridgespielern da? … Ja, Monsieur Rouillet, Monsieur Lourceau … Gut, würden Sie bitte Monsieur Lourceau an den Apparat rufen?«

Eine matte Stimme am anderen Ende der Leitung, die Stimme eines Mannes, der seit fünf oder sechs Stunden Bridge spielte und wenigstens sechs Gläser Wein getrunken hat.

»Hallo? Monsieur Lourceau? … Verzeihen Sie bitte die Störung … Hier spricht Kommissar Maigret … Nein, nicht wichtig … Ich hätte nur gern eine Auskunft … Wissen Sie, wo ich Doktor Bellamy finden kann? … Nein, er ist nicht zu Hause … Pardon? … Er geht abends nie aus? … Sie wissen nicht … Ich danke Ihnen vielmals.«

Maigret erschien zunehmend bedrückt, Furcht lag in seinem Blick. Er blätterte im Telefonbuch und rief den Gerichtsmediziner an.

»Guten Abend, hier spricht Kommissar Maigret … Nein, es handelt sich nicht um eine Ermittlung … Ist Doktor Bellamy zufällig bei Ihnen? … Ich dachte nur, in Anbetracht der Ereignisse, und da Sie befreundet sind … Nein, nein! Nur eine Auskunft, um die ich ihn bitten möchte … Sie haben ihn nicht gesehen? … Wissen Sie vielleicht, wo ich ihn erreichen kann? … Wie? In der Klinik? … Daran hatte ich gar nicht gedacht.«

Es war so einfach. Der Doktor konnte natürlich in die Klinik gegangen sein oder ins Krankenhaus, um einen seiner Patienten zu besuchen.

»Guten Abend, Schwester Aurélie? … Verzeihen Sie … Ich dachte, ich hätte Ihre Stimme erkannt … Können Sie mir sagen, ob Doktor Bellamy …«

Weder in der Klinik noch im Krankenhaus.

»Eine Frage, Francis … Blickt man vom Schlafzimmer des Doktors aus auf den Remblai?«

»Nur halb … Man sieht auf die Küste. Aber vom Remblai aus kann man es sehen …«

»Ich danke Ihnen.«

»Wollen Sie schon gehen?«

Er ließ die beiden ganz verwirrt in ihrem kleinem Esszimmer zurück; ihn in Pantoffeln und offenem Hemd, sie aufgewühlt, hatte sie doch einen Abend mit ihrem Helden verbringen dürfen.

»Wenn Sie morgen gegen Mittag in der Nähe sind, Monsieur Maigret, kann ich Ihnen ganz bestimmt etwas über die Kleine sagen …«

Er hörte es kaum noch. Die Straßen waren jetzt menschenleer. Es war nach Mitternacht. Er erblickte einen Polizisten unter einer Gaslaterne und wäre beinahe stehen geblieben, um ihn zu fragen, ob er den Doktor gesehen habe.

In dem großen Haus am Remblai war nur das Fenster der Bibliothek erleuchtet. Francis hatte das Licht brennen lassen. Wenn der Doktor nach Hause gekommen wäre, hätte wahrscheinlich das Licht in seinem Schlafzimmer gebrannt. Zumindest hätte er es im Arbeitszimmer, nach seinem letzten Glas Whisky, ausgeschaltet.

Die gute Popine hatte von einer kleinen Stadt gesprochen. Nun erschien sie Maigret viel zu groß. So groß jedenfalls, dass es unmöglich war, einen Mann und ein kleines Mädchen ausfindig zu machen.

Hätte er Luciles Namen doch nur eher gekannt!

Er ging mit großen, zügigen Schritten voran. Statt gleich in sein Hotel zurückzukehren, nahm er einen Umweg und sah bald das rote Licht des Kommissariats, in dem sich nur ein Wachtmeister und ein paar wachhabende Polizisten aufhielten.

»Kennt jemand von Ihnen zufällig ein junges Mädchen namens Lucile?«

Sie unterbrachen ihre Partie Belote, sahen sich an und kramten in ihrem Gedächtnis.

»Meine Frau heißt Lucile«, scherzte einer, »aber da Sie von einem jungen Mädchen sprechen, wird sie wohl nicht gemeint sein.«

»Den Familiennamen kennen Sie nicht?«, fragte der Wachtmeister naiv.

Ein etwa dreißig Jahre alter Polizist erteilte Maigret eine Lektion, indem er gelassen äußerte:

»Man müsste die Lehrerinnen fragen.«

Natürlich! Der Kommissar, selbst kinderlos, war

nicht auf diesen so naheliegenden Gedanken ge-kommen.

»Wie viele Schulen gibt es in Les Sables?«

»Augenblick ... Mit der von Schloss Oléron komme ich auf drei, Mädchenschulen meine ich ... Dazu die Schwesternschulen ...«

»Schlafen die Lehrerinnen in den Schulen?«

»Sicher nicht. Außerdem sind jetzt Ferien.«

Maigret hatte Tausende Ermittlungen geführt und die unterschiedlichsten Milieus erforscht. Aber Schulen kannte er ebenso wenig wie – noch ein paar Tage zuvor – die Welt der Ordensschwestern und Krankenhäuser.

»Glauben Sie, dass die Lehrerinnen Telefon ha-ben?«

»Vermutlich nicht ... Sie verdienen ungefähr so viel wie wir, die Ärmsten!«

Plötzlich wurde er müde. Seit fünf Uhr nachmit-tags hatte in rasender Geschwindigkeit ein Gedanke den nächsten gejagt. Maigret fühlte sich mit einem Mal ausgelaugt und unnütz, als wäre er gegen eine verdammte Mauer geprallt.

Irgendwo in dieser Stadt, in diesen kleinen Häus-chen, die dicht beieinander standen und deren of-fene Fenster auf die Gassen oder kleinen Gärten gingen, schliefen acht oder zehn Lehrerinnen.

Mindestens eine von ihnen kannte die kleine Lu-cile, deren Aufgaben sie jeden Tag korrigierte.

Als er auf der Schwelle des Kommissariats stand, kurz davor, zurück ins Dunkel zu tauchen, zögerte er einen Augenblick. Beinahe wäre er umgekehrt, um sich eine Liste aller Lehrerinnen der Gegend geben zu lassen und dann von Tür zu Tür zu gehen.

Ließ er es bleiben, um sich nicht lächerlich zu machen?

»Die Stadt ist schließlich nicht so groß«, hatte Popine gesagt.

Leider zu groß! Die Fischhändlerin und Francis redeten bestimmt noch über ihn, bevor sie einschliefen. Und vielleicht auch die Flämin und der Metzger Fernand, das andere Paar. Und Lourceau, der Gerichtsmediziner, die Ordensschwester, die in der Klinik Nachtdienst hatte, alle, die er im Laufe des Abends behelligt hatte.

Wahrscheinlich hatte er, wenn nicht gar für Unruhe, so doch für einige Neugier gesorgt.

Woher nahm er eigentlich das Recht, nur wegen eines vagen Gedankens ganze Straßenzüge aufzuschrecken, ja die ganze Stadt aufzuscheuchen, die rings um ihren Hafen kauerte?

Er klingelte an der Tür seines Hotels. Monsieur Léonard, der auf einem Stuhl eingeschlafen war, machte ihm auf. In seinem Blick lag ein stummer Vorwurf. Nicht weil er längst hätte zu Bett gehen wollen, sondern weil er fand, dass sich der Kommissar schlecht benommen habe.

»Sie sehen müde aus«, sagte er. »Ein Gläschen, bevor Sie hinaufgehen?«

»Kennen Sie zufällig ein Mädchen namens Lucile, das ...«

Es war lächerlich. Er ärgerte sich über sich selbst. Monsieur Léonard füllte zwei Gläser mit Calvados. Mein Gott! Wie viel Schnaps und Weißwein mochte Maigret vernichtet haben, und das seit Tagen? Aber betrunken war er nicht.

»Auf Ihr Wohl!«

Er stolperte die Treppe hinauf in sein Zimmer und ließ seine Kleider irgendwo zu Boden fallen. Am nächsten, vielmehr am selben Tag, es war weit nach Mitternacht, sollte die Beerdigung stattfinden. Vorher wollte er Mansuy anrufen, der schon morgens um acht in seinem Büro war.

Den ersten Teil der Nacht verbrachte er in Angstträumen. Er klingelte, klingelte überall, und aus den Türen lugten Köpfe hervor, die sich verneinend hin und her wiegten. Niemand sprach. Auch er nicht. Trotzdem verstand jeder, dass er auf der Suche nach Lucile und dem Doktor war.

Dann setzte eine große finstere Leere ein, das Nichts, und endlich klopfte es an der Tür, und Germaine, das Dienstmädchen, rief:

»Sie werden am Telefon verlangt ...«

Er hatte sich ohne seinen Pyjama ins Bett gelegt und suchte ihn überall. Sein Kopfkissen war feucht von säuerlichem Schweiß, der nach Alkohol roch. Die vertrauten Geräusche aus den Nebenzimmern blieben aus. Es war zu früh oder zu spät.

Rasch streifte er seinen Morgenmantel über und öffnete die Tür:

»Wie spät ist es?«

»Halb acht.«

Die Zeit schien aus den Fugen. Er erkannte das Licht nicht wieder, das er beim Erwachen gewohnt war. Und wie konnte Kommissar Mansuy ihn schon um halb acht anrufen?

»Hallo, sind Sie es, Herr Kommissar?«

Auch die Stimme von Mansuy hatte etwas Ungewohntes.

»Wir kennen den Namen …«

Eine Pause.

Warum traute Maigret sich nicht, eine Frage zu stellen?

»Sie heißt Lucile Duffieux …«

Wieder eine Pause.

Wahrhaftig, Zeit und Raum schienen irgendwie durcheinandergeraten zu sein.

»Und weiter?«, rief er beinahe verzweifelt.

»Sie ist tot …«

Und noch während er den Hörer ans Ohr hielt, stiegen ihm vor Wut die Tränen in die Augen.

»Sie ist heute Nacht in ihrem Bett erdrosselt worden, neben dem Zimmer ihrer Mutter.«

Monsieur Léonard, der mit einer Flasche Weiß-wein in der Hand aus dem Keller kam, blieb erschro-cken stehen. Warum blickte ihn Maigret mit bösen Augen an, die ihn nicht zu erkennen schienen?

5

Erst am späten Vormittag bemerkte Maigret die grauen Wolken. Es hatte wahrscheinlich in der Morgendämmerung ein wenig geregnet. Bis dahin hatte das Grau, das den Menschen und Dingen an diesem Tag anhaftete und zu seiner eigenen grauen Stimmung beitrug, ihn daran gehindert, in den Himmel zu schauen, wahrzunehmen, dass das Meer zum ersten Mal seit seiner Ankunft in Les Sables von einem grünlichen Blau war, auf dem sich hier und da schwarze Flecken kräuselten.

Im Kommissariat hatte man anscheinend die Nachtwache nicht abgelöst, es herrschten Verwirrung, Müdigkeit und Unruhe. Zufällig traf er unten an der Treppe auf den Polizisten, der gegen Mitternacht den Einfall mit der Lehrerin vorgebracht hatte. Wie alt mochten seine eigenen Töchter sein? Als er Maigret erkannte, fuhr er zusammen. Seine Dienstjacke war aufgeknöpft, sein Haar zerzaust. Er hatte auf einer Bank geschlafen. Und nun stand ihm der Mann gegenüber, der sich noch ein paar Stunden zuvor unnachgiebig bemüht hatte, die Adresse des jungen Mädchens ausfindig zu machen.

Nichts ergab einen Sinn. An diesem Morgen schien alles auf dem Kopf zu stehen. Glaubte der Polizist vielleicht, Maigret sei der Mörder?

Langsam ging der Kommissar die Treppe hinauf. Seine Pfeife schmeckte bitter. Innerhalb weniger Minuten hatte er sich rasiert und angezogen und war dann in den Polizeiwagen gestiegen, den Mansuy ihm zum Hotel geschickt hatte, um Zeit zu gewinnen. Warum hatte er den Fahrer gebeten, einen Umweg über den Remblai einzuschlagen?

Wahrscheinlich, um einen Blick auf das Haus des Doktors zu werfen. Es stand natürlich noch an seinem Platz. Im ersten Stockwerk regte sich nichts, die Fensterläden waren geschlossen. Unten hingegen waren ein paar Männer damit beschäftigt, die Eingangstür mit Trauerflor zu schmücken.

Sie fuhren auch an der Kirche vorbei. Ein paar alte Frauen mit gestärkten Hauben kamen gerade aus der Andacht.

Im Inspektorenbüro herrschte Aufregung. An mehreren Apparaten wurde telefoniert. In allen Augen stand das gleiche Entsetzen.

Die meisten der Männer waren unrasiert. Sie konnten noch nicht lange dort sein. Vielleicht hatten sie unterwegs in einem bereits geöffneten Bistro einen Kaffee hinuntergestürzt.

Die hintere Tür ging auf. Mansuy hatte auf die Schritte des Kommissars gelauscht und erwartete ihn an der Schwelle seines Büros. Er sah so verändert aus, dass es Maigret beinahe verlegen machte.

Wer weiß? Vielleicht ging es Mansuy bei Maigrets Anblick ebenso. Der Polizeikommissar war ebenfalls unrasiert. Er war als Erster an den Tatort gerufen worden. Er gab ein ungewohntes Bild ab mit seinem dichten Bart, der seine Wangen überwucherte wie Unkraut und rötlich schimmerte, etwas dunkler als seine Haare.

Seine hellblauen Augen blickten nicht mehr nur schüchtern, sondern es spiegelte sich tiefe Unruhe in ihnen.

Maigret ging auf ihn zu, betrat das Büro, und die Tür schloss sich hinter ihnen. Der kleine Polizeikommissar schwieg und hielt seinen fragenden Blick auf ihn gerichtet.

Maigret war zu sehr mit seinen Gedanken beschäftigt, um sich um die Reaktionen der anderen zu kümmern. Es war nicht verwunderlich, dass der schwerfällige Kommissar bei Mansuy ein leises Grauen hervorrief. Er hatte sich bereits am Tag zuvor, obschon von der Kleinen bis dahin noch keine Rede gewesen war, beharrlich mit ihr befasst und sie haargenau beschrieben, und zwar wenige Stunden bevor sie in ihrem Bett erdrosselt wurde.

»Ich nehme an, dass Sie dorthin gehen wollen«, sagte Mansuy heiser.

Les Sables bot ihm nicht gerade häufig ein solches

Spektakel, und er rang noch immer um Fassung. Man spürte es daran, wie er das Wort *dort* aussprach.

»Ich habe mit dem Staatsanwalt in La Roche-sur-Yon telefoniert. Die Beamten werden gegen elf hier sein. Vielleicht früher. Er hat Wert darauf gelegt, zwei Inspektoren der Mobilen Brigade aus Poitiers anzufordern. Ich habe ihm nicht gesagt, dass Sie hier sind. Das ist doch in Ihrem Sinn, nicht wahr?«

»Das haben Sie gut gemacht.«

»Werden Sie denn nicht in diesem Fall ermitteln?«

Maigret gab keine Antwort, zuckte nur mit den Schultern und spürte, dass er Mansuy enttäuschte. Was sollte er tun?

»Obwohl es noch so früh ist, haben sich eine Menge Leute vor dem Haus versammelt. Es befindet sich am Stadtrand, beinahe außerhalb, in einem Viertel mit lauter kleinen Häusern, umgeben von kleinen Gärten. Ihr Vater, der alte Duffieux, ist Nachtwächter auf der Werft. Er hat diese Stellung angenommen, nachdem er einen Arm verloren hatte. Sie werden ihn noch kennenlernen. Es muss furchtbar für ihn gewesen sein. Es ist so …«

Der kleine Kommissar redete, beide Ellbogen auf den Tisch gestützt, das Kinn zwischen den Fäusten.

»Er hat die Werft um sechs verlassen, als die erste Schicht ihre Arbeit aufnahm. Alles hat sich wie immer zugetragen heute Morgen, alles, verstehen Sie? Er ist ein ruhiger, gewissenhafter Mensch. Die

Hausfrauen, die früh aufstehen, können ihre Uhr danach stellen, wann er vorübergeht. Um zwanzig nach sechs kommt er, ohne das geringste Geräusch zu machen, nach Hause. Er hat mir das alles haargenau erklärt, mit der tonlosen Stimme eines Schlafwandlers. Die Eingangstür führt direkt in die Küche. Links steht ein Stuhl mit einer Sitzfläche aus Rohrgeflecht, davon können Sie sich noch überzeugen. Vor dem Stuhl stehen die Pantoffeln für ihn bereit.

Er zieht sich die Schuhe aus, um niemanden zu wecken, und steckt dann ein Streichholz in den Ofen, in dem das Feuer vorbereitet ist, mit einem Stück Zeitung und etwas Kleinholz.

Der gemahlene Kaffee ist im Filter der Kaffeekanne, und sobald das Wasser im Kessel kocht, gießt er ihn auf. Er braucht nur noch zwei Stück Zucker in die geblümte Schale zu geben.

Wie Sie sehen werden, hängt in der Nähe des Ofens eine Uhr mit einem Messingpendel …

Die Uhr zeigt halb sieben, als er mit der Schale in der Hand, immer noch leise, in das Zimmer seiner Frau geht.

Seit Jahren spielt sich das Morgen für Morgen genauso ab.«

Maigret öffnete das Fenster, obwohl der Morgen kühl war.

»Fahren Sie fort …«

»Madame Duffieux ist eine hagere, blasse,

schwächliche Frau. Sie hat sich von ihrem letzten Wochenbett nie richtig erholt, trotzdem ist sie von früh bis spät auf den Beinen. Sie ist sehr empfindlich, angespannt, regt sich immer auf … Eine von den Frauen, die ihr Leben damit verbringen, auf eine Katastrophe zu warten …

Während sie sich anzog, legte ihr Mann seine schwere Nachtkleidung ab. Sie sagte: ›Es regnet.‹ – Es hat vorhin geregnet …«

In diesem Augenblick schaute Maigret in den grauen Himmel.

»Sie haben noch eine halbe Stunde miteinander verbracht. Die einzige Zeit, in der sie allein sind. Dann, Punkt sieben, ging Duffieux seine Tochter wecken.

Diese kleinen Häuser haben keine Fensterläden. Das wie immer in dieser Jahreszeit weit geöffnete Fenster geht auf den kleinen Garten hinter dem Haus hinaus.

Lucile war tot. Sie lag in ihrem Bett, mit blau angelaufenem Gesicht und breiten schwarzen Striemen am Hals …

Wollen wir nun hinfahren?«

Doch er blieb sitzen. Er wartete, hoffte immer noch. Es schien ihm unmöglich, dass Maigret nichts zu sagen hatte.

»Gehen wir …«, antwortete er nur und seufzte.

Die Straße in der Vorstadt sah tatsächlich so aus,

wie er sie sich nach der Erzählung des Kommissars vorgestellt hatte. Eine Straße, in der Mädchen wie Lucile zu Hause sind, mit einem kleinen Eckladen, in dem Gemüse, Kolonialwaren, Petroleum und Süßigkeiten verkauft werden, und Frauen in den Türen stehen, während die Kinder auf dem Gehsteig spielen.

Auf der Straße hatten sich Menschengruppen gebildet. Einige Frauen trugen noch ihr Nachthemd unter dem Mantel. Etwa fünfzig Leute drängten sich vor einem kleinen Haus, das aussah wie alle anderen. Ein Polizist in Uniform stand Wache. Der Wagen hielt an. Die beiden Männer stiegen aus.

Auf dem Gehsteig blieb Maigret stehen, ohne etwas zu sagen, grundlos, wie jemand, der mitten auf der Straße plötzlich Herzbeschwerden bekommt.

»Wollen Sie hineingehen?«

Er nickte. Die Schaulustigen traten zurück und ließen sie durch. Mansuy klopfte sachte an die Haustür. Der alte Duffieux öffnete. Er hatte keine geröteten Augen, aber er wirkte noch immer benommen, bewegte sich mechanisch. Er sah Mansuy an, den er wiedererkannte, kümmerte sich dann aber nicht weiter um die beiden, als wäre dieses Haus an diesem Tag nicht mehr seins.

Die Schlafzimmertür stand offen, eine Gestalt lag auf dem Bett und stieß in regelmäßigen Abständen ein Wehgeschrei aus, das an die Klage eines Tieres erinnerte. Ein Arzt aus dem Viertel stand am Kopfende des Bettes von Madame Duffieux, die da wimmerte, während eine alte Frau mit einem unglaublich dicken Bauch – vielleicht eine Verwandte, vielleicht eine Nachbarin – sich am Herd zu schaffen machte.

Die Schalen mit dem Blümchenmuster standen auf dem Tisch, in der einen war noch Milchkaffee; es war diejenige, die Duffieux um sieben seiner Tochter hatte bringen wollen.

Das Haus hatte nur drei Zimmer. Rechts die Küche, eine ziemlich geräumige Wohnküche mit einem Fenster zum Garten und einem zur Straße. Links zwei Türen, zwei Schlafzimmer – das der Eltern ging nach vorn, das andere nach hinten hinaus.

Fotografien hingen an den Wänden und standen auf dem Kamin.

»Hatten sie nur dieses eine Kind?«, fragte Maigret leise.

»Sie müssen auch einen Sohn haben, aber ich glaube nicht, dass er in Les Sables ist. Ich muss zugeben, dass ich nicht den Mut aufgebracht habe, ihnen viele Fragen zu stellen. Die Staatsanwaltschaft wird bald kommen, und die Herren aus Poitiers werden ihre Arbeit verrichten …«

Mansuy war ganz offensichtlich nicht für diesen Beruf geboren. Er beobachtete Maigret verstohlen, der davor zurückzuscheuen schien, das zweite Zimmer zu betreten, dessen Tür geschlossen war.

»Hat irgendjemand etwas angerührt?«, fragte er abwesend, weil es zur Routine gehörte.

Mansuy schüttelte den Kopf.

»Gehen wir hinein …«

Er stieß die Tür auf und war über den starken Tabakgeruch erstaunt. Er erblickte einen Mann, der am Fenster stand und sich zu ihnen umdrehte.

»Vorsichtshalber habe ich einen meiner Inspektoren hier postiert …«

»Sie haben versprochen, mich ablösen zu lassen!«

»Gleich, Larrouy …«

In dem Zimmer standen zwei Metallbetten, zwischen denen gerade noch Platz für einen Nachttisch war. Die schwarzen Gestelle hoben sich von der bläulichen Tapete ab. Das Bett an der linken Wand war nicht aufgeschlagen. Auf dem anderen lag unter einem Laken eine zusammengekauerte Gestalt.

An der Wand gegenüber war ein großer Schrank. Ein Tisch mit einem Handtuch, darauf eine weiße Schüssel aus Emaille, ein Kamm, eine Bürste, ein Stück Seife auf einer Untertasse. Und unter dem Tisch ein Wasserkrug und ein blauer Emaillekübel. Das war alles. Das war Luciles Zimmer, das sie mit ihrem Bruder geteilt haben musste.

»Wissen Sie, wer die alte Frau in der Küche ist?«

»Sie war heute Morgen noch nicht da. Oder ich habe sie nicht gesehen, denn es wimmelte hier von

Schaulustigen, und wir hatten alle Mühe, sie hinaus-
zuschicken.«

»Hat die Mutter etwas gehört?«

»Nichts.«

»War der Gerichtsmediziner schon da?«

»Ich gehe davon aus, denn ich habe ihn angerufen,
noch bevor ich selbst hergekommen bin. Ich telefo-
niere noch einmal mit ihm, sobald ich im Büro bin.«

Endlich tat Maigret, worauf man gewartet hatte;
er ging langsam zum Kopfende des Bettes, beugte
sich vor und hob das Laken an. Nur wenige Sekunden. Dann ging er zum Fenster.

Mansuy trat zu ihm. Die drei Männer, der Inspektor mitgerechnet, betrachteten den kleinen
Garten, umzäunt von Holzpflöcken und Stacheldraht. In der einen Ecke stand ein Kaninchenstall,
in der anderen ein Schuppen, in dem Duffieux vermutlich seine Werkzeuge untergebracht hatte und
sich in seinen Mußestunden handwerklich betätigte. Ein wenig Gemüse wuchs auf dem sandigen
Boden, blassgrüner Porree, Kopfsalat, Kohl. Fünf
Tomatenstauden, von Stöcken gestützt, trugen ihre
roten Früchte.

Sie hatten kein Wort darüber verlieren müssen:
Der Mann war von dort gekommen. Es war leicht,
über den Stacheldraht zu klettern, und noch leichter,
über die Fensterbank ins Zimmer zu steigen. Der
Garten grenzte an ein unbebautes Gelände, und da-

hinter sah man alte Gebäude, die wohl einmal eine Fabrik gewesen waren.

»Wenn er Fußspuren hinterlassen hat«, sagte der Inspektor leise, »hat der Regen sie heute Morgen verwischt. Mein Kollege Charbonnet hat schon gesucht …«

Er war begierig auf ein beipflichtendes Wort von Maigret, aber der Kommissar zuckte nicht einmal mit der Wimper. Hatte er sich jemals um Fußspuren gekümmert?

Trotzdem ging er durch die Küche, wo soeben zwei weitere Personen aufgetaucht waren, in den Garten. Draußen war ein schmaler Weg aus glatten Steinen angelegt, die auf dem Brachland aufgelesen worden waren. Die Kaninchen zogen ihre Näschen kraus und schauten ihn an. Er pflückte ein paar Kohlblätter, öffnete das Gitter und verschloss es wieder.

Es war genau jene graue, verwahrloste Umgebung, in der Frauen wie Madame Duffieux, mager und schwächlich, ihr Leben damit zubrachten, jeden Centime umzudrehen.

»Wie spät ist es?«, fragte er, ohne daran zu denken, seine Uhr aus der Tasche zu ziehen.

»Fünf vor neun.«

»Die Beerdigung findet doch um halb elf statt, nicht wahr?«

Mansuy sah ihn entgeistert an, er dachte an den Leichnam des Mädchens, den sie soeben betrachtet hatten. Aber dann erinnerte er sich an die andere Tote und blickte nun gespannt zu Maigret.

»Gehen Sie hin?«

»Ja.«

»Glauben Sie, es gibt da eine Verbindung?«

Hörte Maigret überhaupt zu? Es war ihm jedenfalls nicht anzumerken. Er ging langsam zurück in die Küche. Die dicke Alte rieb sich unablässig mit dem Schürzenzipfel die Augen und erzählte den Neuankömmlingen unter lautem Schluchzen von der Tragödie. Es handelte sich um den Bruder des alten Duffieux und dessen Frau. Die Nachbarn hatten sie benachrichtigt.

Es war seltsam, wie unempfindlich diese Leute waren. Sie sprachen mit lauter Stimme und in drastischen Worten, ohne daran zu denken, dass die Mutter der Kleinen im Zimmer nebenan lag und die Tür offen stand. Ihr Wimmern klang wie ein rhythmisch monotoner Gesang, der den Bericht der Alten begleitete.

»Ich habe zu Gérard gesagt: ›Das kann nur ein Irrer gewesen sein …‹

Ich habe das Mädchen nämlich gut gekannt, vielleicht besser als sonst wer. Sie kam schon zum Spielen zu mir, als sie noch ganz klein war, und ich habe ihr die Puppe meiner verstorbenen Tochter geschenkt …«

»Gestatten Sie?«

Maigret berührte ihre Schulter. Sofort erstarrte sie in Ehrfurcht. Für sie waren alle, die sie an diesem Tag im Haus antraf, hohe Herrschaften und Respektspersonen.

»Ist der Sohn benachrichtigt worden?«

»Émile?«

Sie warf einen Blick auf eins der Fotos an der Wand, auf dem ein siebzehn- oder achtzehnjähriger, sorgfältig gekleideter junger Mann mit feinen Gesichtszügen und lebhaften Augen zu sehen war.

»Wissen Sie nicht, dass Émile fortgegangen ist? Das ist ja gerade das Fürchterliche für die arme Frau, Herr Richter ... Vor einer Woche ging ihr Sohn fort ... und jetzt ihre Tochter ...«

»Ist er beim Militär?«

Es trifft doch immer die Gleichen!

»Nein, nein, Monsieur, fürs Militär ist er noch zu jung. Warten Sie ... Er ist jetzt neunzehneinhalb. Er hat hier gut verdient, war bei seinen Arbeitgebern angesehen ... Und dann hat er sich letzte Woche in den Kopf gesetzt, nach Paris zu gehen ... Ohne ein Wort! Nicht einmal einen Zettel hat er hinterlassen! Er müsse die Nacht durcharbeiten, hat er gemeint, und Marthe hat es ihm geglaubt. Sie glaubt aber auch alles, was man ihr erzählt ...

Als ihr Sohn am nächsten Morgen noch nicht zurück war, hat sie in seinem Schrank nachgesehen, seine Sachen waren verschwunden ...

Dann kam der Briefträger und brachte einen Brief, in dem Émile sie um Verzeihung bat und schrieb, dass er nach Paris fahre, dass dort sein Leben sei, seine Zukunft, und ich weiß nicht, was sonst noch alles … Sie hat mir den Brief vorgelesen. Er wird in der Schublade vom Küchenschrank liegen …«

Sie wollte ihn holen. Maigret hielt sie zurück.

»Wissen Sie noch, an welchem Tag das war?«

»Warten Sie … Das kann ich Ihnen sagen …«

Sie ging ins Zimmer, sprach leise mit Duffieux, der sie zunächst verständnislos ansah und dann einen Blick auf den Kommissar warf. Er überlegte, warum man ihm diese Frage stellte, kramte in seinem Gedächtnis, antwortete.

»Es muss am Dienstag gewesen sein … in der Nacht von Dienstag auf Mittwoch …«

»Wissen Sie, ob die beiden seither Nachricht von ihm erhalten haben?«

»Marthe hat mir vorgestern eine Ansichtskarte aus Paris gezeigt …«

Kommissar Mansuy versuchte nicht weiter zu folgen. Er beobachtete Maigret noch immer mit Unbehagen, als verdächtige er ihn, über dämonische Kräfte zu verfügen. Er war beinahe darauf gefasst, im Laufe des Tages zu erfahren, dass auch Duffieux' Sohn tot sei.

Als sie das Haus verließen, drängte sich ein langer

Kerl im Regenmantel durch die Menge der Schaulustigen.

»Ein Journalist«, erklärte Mansuy.

Maigret zog es vor, rasch fortzugehen. Und schon begann das Schmierentheater: die Journalisten, die Fotografen, die Staatsanwaltschaft, dann die Herren aus Poitiers mit ihren Verhören, die Leute vom Erkennungsdienst, die mit ihren Apparaten die kleinen Räume verstopfen und die Leiche des Mädchens von allen Seiten fotografieren würden.

»Haben Sie das erwartet?«, wagte Mansuy endlich zu fragen, als sie mit dem Wagen zum Kommissariat zurückfuhren.

Und Maigret antwortete geistesabwesend:

»Irgendetwas habe ich schon erwartet ...«

»Kommen Sie noch einen Augenblick mit hinauf in mein Büro?«

Das Kommissariat zeigte sich langsam wieder von seiner gewöhnlichen Seite. Es war bevölkert mit Leuten, die eine Bescheinigung oder eine Unterschrift brauchten, irgendein Dokument, arme kleine Teufel, die auf ihren Bänken auf das Wohlwollen der gnädigen Herren hofften. Aus allen Büros rief man nach Mansuy, aber er ging gleich in den ersten Stock.

»Poitiers hat angerufen«, informierte ihn ein Inspektor. »Sie schicken Piéchaud und Boivert. Sie sind vor einer Stunde losgefahren und werden gegen zehn Uhr eintreffen. Der Erkennungsdienst kommt mit. Sie fordern Straßensperren rund um die Stadt; alle Verdächtigen sollen festgenommen werden.«

Mansuy antwortete:

»Schon geschehen.«

Er blickte leicht betreten zu Maigret, als wollte er sagen:

»Was sollte ich denn tun? Es führt zwar zu nichts, aber so sind eben die Vorschriften, und ich muss mich daran halten.«

»Hat Doktor Jamar schon angerufen?«

»Noch nicht.«

»Dann rufen Sie ihn an. Er muss jetzt im Krankenhaus sein.«

Doktor Jamar war der Gerichtsmediziner, der außerdem eine Abteilung im Städtischen Krankenhaus leitete.

»Doktor Jamar? … Hier Mansuy … Ja … Ja, ich verstehe … Die Staatsanwaltschaft wird gegen elf Uhr hier sein … Ich glaube, es ist besser, Sie machen sich erst dann auf den Weg, wenn ich Ihnen Bescheid gebe. Die Herren können sich durchaus verspäten … Ich werde Sie anrufen, mit dem Wagen sind Sie rasch vor Ort … Offensichtlich … Zwischen elf Uhr abends und zwei Uhr früh? … Ich danke Ihnen … Nein, ich übernehme die Ermittlungen nicht … Ich warte auf Poitiers … Wie bitte?«

Ein Blick zu Maigret, ein Zögern.

»Ich glaube nicht, dass er sich damit befasst ... Jedenfalls nicht offiziell ...«

»Sehr gut«, stimmte Maigret mit einem Nicken zu.

Er hatte begriffen. Er hätte Wort für Wort wiederholen können, was der Gerichtsmediziner gesagt hatte, obgleich er ihn nicht gehört hatte. Eine oberflächliche Untersuchung reichte nicht aus, um den genauen Todeszeitpunkt festzustellen. Zwischen elf Uhr abends und zwei Uhr früh ...

»Wollen Sie schon gehen?«

»Ja, zur Beerdigung.«

»Ich werde versuchen, kurz vorbeizukommen, entweder im Haus der Familie oder in der Kirche, wenn man mir die Zeit dazu lässt. Entschuldigen Sie mich bitte bei Bellamy ...«

Immer dieser bange Blick zu Maigret, besonders als er das letzte Wort aussprach, aber der Kriminalkommissar blieb undurchdringlich.

»Bis nachher ...«

»Und wenn von Ihnen die Rede ist?«

»Dann sagen Sie den Herren, dass ich Ferien habe.«

Es war noch zu früh, um ins Haus der Familie Bellamy zu gehen. Er wollte zunächst zum Quai. Nicht, um etwas zu trinken. Er betrat zwar eines seiner Bistros und trank einen Schnaps, aber eigentlich wollte er Popine sprechen.

Ihr Laden war voller Kundschaft. Die Ärmel

hochgekrempelt, griff Francis' Geliebte mit ihren fleischigen, rosigen Armen in die mit Fischen und Krustentieren gefüllten Körbe, wog sie und ließ die Registrierkasse klingeln.

»Und du, meine Hübsche?«

Sie duzte all ihre Kundinnen, hatte einen so klaren Blick, eine so frische Gesichtsfarbe an diesem grauen Morgen, dass die Dinge um sie herum ebenso verlockend wirkten wie sie.

»Wem sagst du das, meine Kleine ... Dieses Schwein, das so etwas gemacht hat, weißt du, dem würde ich die Augen auskratzen und noch mehr, ich meine ...«

Sie sah Maigret, hörte mit dem Wiegen auf, wischte sich die Hände an der Schürze ab und rief ihr Dienstmädchen herbei.

»Kannst du mich kurz vertreten, Mélanie? ... Bitte, hier entlang, Monsieur Maigret.«

Kaum standen sie in dem kleinen Esszimmer, das von Küchengerüchen erfüllt war, hob sie an:

»Glauben Sie, dass *er* sie getötet hat? ... Wer hätte das gedacht, gestern Abend, als wir drei so nett geplaudert haben? ... Wenn Sie mir nur gesagt hätten, dass sie die Tochter von Marthe war ... Ich bin mit Marthe zur Schule gegangen ... Nicht lange, aber ...«

»Kennen Sie das Dienstmädchen von Madame Bellamy?«

»Jeanne? Das denke ich doch, auch wenn sie mich nicht mehr kennt. Ich hab sie schon gekannt, als sie sich noch barfuß auf der Straße herumtrieb. Ihre Mutter arbeitet in der Sardinenfabrik. Und sie wurde mit kaum dreizehn Jahren auch hingeschickt, bis sie in ein bürgerliches Haus kam. Seit sie beim Doktor arbeitet, grüßt sie nicht mehr. Fragen Sie Francis ...«

»Wissen Sie, wo ich mit ihr sprechen könnte?«

»Außerhalb des Hauses ist das schwierig. Zu ihrer Mutter geht sie nicht mehr, seitdem die wieder verheiratet ist. Und tanzen geht sie auch nicht. Sie ist in ihre Herrin, die junge Madame Bellamy, vernarrt. Sie hegt und pflegt sie und würde auf ihrem Bettvorleger schlafen, wenn man sie ließe. Wenn Francis mit ihr spricht, lässt sie sich kaum herab, ihm zu antworten ... Aber so sagen Sie doch, werden Sie den Doktor verhaften?«

»Ich glaube nicht, dass davon die Rede sein kann ... Ich danke Ihnen.«

»Sie werden doch wohl wiederkommen? Jetzt ist nicht die Zeit zum Plaudern ... Aber wenn Sie heute Abend auf ein Gläschen hereinschauen mögen ... Ich möchte zu gern erfahren, wie es weitergeht ...«

Und doch war sie empfindsam, und wäre ihr der Mörder zwischen die Finger geraten, hätte sie ihn wahrscheinlich jener Behandlung unterzogen, die sie zuvor im Laden erläutert hatte.

Am Strand wussten die Leute noch von nichts, und es bot sich das übliche Schauspiel: Mütter mit ihren Knirpsen in Badeanzügen, inmitten von Sonnenschirmen, roten und blauen Bällen; die Badenden, die sich in die Brandung warfen.

Auf dem Remblai hingegen bewegten sich schwarzgekleidete Menschen auf das Trauerhaus zu. Das waren Einheimische. Sie begrüßten einander auf dem Gehsteig, bildeten kleine Gruppen, sahen auf die Uhr, nahmen Haltung an und traten durch die mit dem schwarzen, von Silbertränen durchwirkten Trauerflor geschmückte Tür.

Maigret erkannte Monsieur Lourceau und Monsieur Perrette und weitere Stammgäste der Brasserie, die der Verstorbenen bereits die letzte Ehre erwiesen hatten und nun plaudernd beisammenstanden.

Er ging hinein. Man hatte keinen der Salons als Trauerkapelle herrichten müssen, denn die Eingangshalle war weitläufig genug. Weder die Treppe noch Türen waren auszumachen, es herrschte nichts als Schwarz, und darin brennende Kerzen um einen kostbaren Sarg inmitten einer Überfülle weißer Blumen.

Philippe Bellamy, als einziger Vertreter der Familie, stand unbeweglich da, und nachdem jeder einen Buchsbaumzweig in Weihwasser getaucht hatte, verneigte sich einer nach dem anderen vor ihm.

Er war noch eindrucksvoller als sonst, in dem

schwarzen Anzug, aus dem allein Kragen, Hemd-
brust und Manschetten weiß hervorblitzten. Seine
Züge erschienen feiner, wie gemeißelt. Er nahm jede
Beileidsbekundung mit der gleichen Verbeugung
entgegen, neigte Kopf und Hals, richtete sich wieder
auf und blickte dem Nächsten gerade in die Augen.

Maigret tat es den anderen nach, trat vor, verbeugte sich und fand Bellamys Blick auf sich gerichtet. Er konnte keinerlei Unruhe darin entdecken.
Nichts deutete darauf hin, dass er für den Doktor
etwas anderes gewesen wäre als einer unter vielen.

Der Unterpräfekt kam mit seinem Wagen, den er
ein paar Häuser entfernt parkte; der Bürgermeister
und sein Stellvertreter waren ebenfalls anwesend,
überhaupt alles, was in der Stadt Rang und Namen
hatte. Wahrscheinlich unterhielt man sich über das
ermordete Mädchen.

Der Leichenwagen fuhr vor. Es dauerte einige
Zeit, bis sich der Trauerzug formiert hatte und sich
langsam Richtung Kirche in Bewegung setzte, deren
Portal ebenfalls schwarz verkleidet war. Die Männer
nahmen auf der rechten Seite Platz. Doktor Bellamy
saß allein in der ersten Reihe. Unter den Freunden
der Familie in der zweiten Reihe erkannte Maigret
den älteren Herrn, der Madame Godreau am Abend
zuvor begleitet hatte.

Diese saß auf der linken Seite, in tiefschwarzem
Trauerkleid und Schleier. Fortwährend betupfte sie

ihr Gesicht mit einem feinen Taschentuch, dessen Parfum durch den Weihrauch bis zu dem Kommissar herüberdrang.

Ein Organist aus La Roche-sur-Yon war bemüht worden, ebenso ein Bariton und ein Kinderchor. Die Kirche hatte sich allmählich gefüllt, und es dauerte nahezu eine Viertelstunde, bis das Defilee zur Opfergabe vorübergezogen war.

Der Katafalk verstellte Maigret den Blick auf Madame Bellamy, die Mutter des Doktors. Sie saß neben Madame Godreau. Ab und zu hörte man, wie ihr Stock über die Steinplatten kratzte.

Odette Bellamy war nicht anwesend. Francis ging zusammen mit der Köchin zum Altar, um die Opfergabe entgegenzunehmen. Wahrscheinlich war Jeanne, das Dienstmädchen, zu Hause bei ihrer Herrin geblieben.

Als die Trauernden die Kirche verließen, war die Sonne hinter den Wolken hervorgekommen. Das Licht gab der Straße ihr vertrautes Erscheinungsbild zurück, und man brauchte eine Weile, um sich der Stimmung in der Stadt bewusst zu werden. Langsam bewegte sich der Trauerzug auf den Friedhof zu, wo Maigret von Weitem seinen Kollegen entdeckte. Mansuy war es, schwitzend und noch immer unrasiert, gelungen, sich zumindest für einen Augenblick sehen zu lassen.

Einige enge Freunde begleiteten Bellamy bis zum

Ausgang. Er stieg in Doktor Bourgeois' Wagen, der ihn vermutlich nach Hause brachte.

Würde es noch eine Familienzusammenkunft geben? Würden Madame Godreau und ihr Begleiter in dem weißen Haus am Remblai erwünscht sein?

Maigret fand Mansuy nicht wieder und musste zu Fuß in die Innenstadt zurück. Als er auf die Uhr blickte, war es zehn nach zwölf. Ihm fiel ein, dass er etwas vergessen, gegen ein Ritual verstoßen hatte. Aber er ahnte nicht, dass er damit ein regelrechtes kleines Drama ausgelöst hatte.

In der Klinik nämlich hatte Madame Maigret zum ersten Mal die Erlaubnis erhalten, das Bett zu verlassen. Sie konnte noch nicht gehen, aber für eine Stunde – nicht länger, hatte der Arzt betont – hatte man sie in einen Rollstuhl gesetzt. Auf diese Weise gelangte sie zum ersten Mal in die Flure, konnte die anderen Zimmer sehen und die Gesichter derer, die sie bis dahin nur ihren Stimmen und ihrem Klagen nach gekannt hatte.

Sie hatte mit Schwester Marie des Anges eine kleine Verschwörung angezettelt, natürlich ganz leise, um Mademoiselle Rinquet keinen Kummer zu bereiten, die verdrießlicher war denn je. Es sollte eine Überraschung für Maigret werden, der jeden Tag um Punkt elf anrief. Am Ende des Flurs, im Aufenthaltsraum mit den breiten Fenstern, dem sogenannten Sonnenzimmer, gab es ein Telefon.

Auch Schwester Aurélie war eingeweiht. Sobald Monsieur 6 anrufen würde, sollte sie, statt ihm zu antworten, die Verbindung in das Sprechzimmer legen. Er würde nicht schlecht staunen, am anderen Ende der Leitung die Stimme seiner Frau zu hören.

Der Rollstuhl war eine Viertelstunde zu früh zur Stelle. Um halb zwölf bestand Schwester Marie des Anges darauf, die Patientin wieder in ihr Zimmer zu bringen.

Um zwölf hatte Madame Maigret sich enttäuscht wieder ins Bett gelegt, und die Ordensschwester versuchte vergeblich, sie aufzuheitern, während ein triumphierendes Lächeln über Mademoiselle Rinquets müdes Gesicht huschte.

»Es warten zwei Herren auf Sie. Anscheinend Freunde von Ihnen. Sie sind in Eile und sitzen schon bei Tisch. Sie haben nach Zimmern gefragt, aber es ist nichts mehr frei ...«

Und beinahe flehentlich fügte Monsieur Léonard hinzu:

»Sie nehmen doch einen kleinen Aperitif?«

Die beiden Männer, die an Maigrets Tisch saßen, waren Piéchaud und Boivert, die Inspektoren der Mobilen Brigade, die beide schon mit dem Kommissar zusammengearbeitet hatten. Sie erhoben sich gleichzeitig, die Serviette in der Hand.

»Entschuldigen Sie, Chef ... Wir wollten schnell

eine Kleinigkeit essen, bevor die Staatsanwaltschaft kommt.«

»Ich dachte, die sollte schon um elf Uhr dort sein?«

»Wenn man den Untersuchungsrichter gefunden hätte ... Aber der war gerade auf dem Land ... Die Leute, bei denen er zu Mittag aß, haben kein Telefon, und man musste übers Rathaus den Hilfspolizisten benachrichtigen, damit er den Richter abholt ... Kurz, sie werden alle um ein Uhr hier sein ... Sind Sie dabei?«

Jemand, vielleicht Mansuy, musste ihnen von Maigrets Verhalten erzählt haben, denn sie warfen sich einen Blick zu.

»Wobei?«

»Sie sind natürlich in den Ferien ... Wir kennen das, nicht wahr, Boivert?«

Der eine war ungefähr dreißig, der andere fünfunddreißig Jahre alt. Sie waren beide vom Fach. Männer, die, wie man am Quai des Orfèvres sagte, ihr Geschäft verstanden. Piéchaud, den Älteren, hätte es bei der Festnahme eines Polen beinahe erwischt. Eine Revolverkugel hatte auf seiner rechten Wange eine Narbe hinterlassen.

Maigret hatte sich zerstreut an den Tisch gesetzt und seine Serviette auseinandergefaltet. Er hörte nur halb hin, während er sich an den Vorspeisen bediente.

»Wie wir inzwischen wissen, ist die Kleine nicht vergewaltigt worden ... Es sah ja zunächst danach aus ... Das hatte man uns in Poitiers gesagt ... Die hiesige Polizei hat ein gutes halbes Dutzend Landstreicher festgenommen ... Unglaublich, wie viele es in der Gegend gibt ... Nur, wenn die Sache so einfach wäre, würden Sie sich wohl kaum schon seit gestern damit befassen, nicht wahr?«

Sie wollten ihm die Würmer aus der Nase ziehen.

»Wir möchten lediglich mit Ihnen zusammenarbeiten ... Weder Boivert noch ich kennen die Stadt ... Jedenfalls ... Kurz ...«

Maigrets Schweigen ließ den Mann verstummen.

»Ganz wie Sie wollen! Versteht sich ... Aber sicher wissen die Herren von der Staatsanwaltschaft, dass Sie hier sind ... Es würde mich daher nicht wundern, wenn sie darauf bestehen, Sie zu sehen ...«

»Ich habe Urlaub«, sagte Maigret, während er sich einschenkte.

»Selbstverständlich ...«

»Wenn ich etwas in Erfahrung bringe, lasse ich es Sie wissen ...«

»Auf Sie ist immer Verlass ...«

Beinahe hätte er gelächelt. Nur einen Moment. Kaum die Spur einer Aufheiterung, und schon hatte sich seine Stirn wieder umwölkt. Er hatte keinen Appetit. Er fühlte sich nicht wohl in seiner Haut, als wäre ihm eine Grippe in die Glieder gefahren.

»Jedenfalls, wenn Sie jemanden überwachen lassen möchten, oder irgendetwas ...«

»Danke.«

»Wir müssen jetzt los … Es ist Zeit …«

Im Flur, wo Monsieur Léonard ihnen ein kleines Hotel nannte, in dem sie vielleicht noch unterkommen könnten, warfen sie sich erneut einen Blick zu, und auf der Türschwelle sagte Piéchaud, der Ältere:

»Nicht gerade gut gelaunt, der Chef …«

6

Er klingelte, als es noch nicht halb drei war, hatte weder die Uhr aus der Tasche gezogen, noch auf den Glockenschlag gewartet.

Schwester Aurélie sah ihn erstaunt an, beinahe vorwurfsvoll und zögerte, zum Telefonhörer zu greifen. Er schenkte ihr ein mechanisches Lächeln, das seine verdrießliche, beinahe verstockte Miene nur blitzartig erhellte.

»Ich komme nicht wegen meiner Frau«, sagte er. »Ich möchte vorher mit der Schwester Oberin sprechen.«

»Sind Sie sicher, Monsieur 6, dass Sie die Schwester Oberin sprechen wollen? Für alles, was die Patienten, die Klinik im Allgemeinen betrifft, ist die Schwester in der Verwaltung zuständig. Auch wenn es um Beschwerden geht …«

»Würden Sie bitte der Schwester Oberin melden, dass Kommissar Maigret sie zu sprechen wünscht?«

Schwester Aurélie zog es vor zu schweigen, und während sie telefonierte, betrachtete er mit einer Art Groll die glatten Wände und die spiegelblank gebohnerte Treppe.

»Man wird Sie gleich abholen«.

»Danke.«

Er ging den Flur auf und ab, die Hände auf dem Rücken verschränkt. Allein bei dem Gedanken, man könnte ihn warten lassen, geriet er in Zorn. Umso erstaunter war er, nachdem er ein weiteres Mal kehrtgemacht hatte, eine ihm unbekannte Schwester vor sich zu sehen.

»Wenn Sie mir bitte folgen wollen, Monsieur …«

Sie nahmen nicht die Treppe, sondern gingen am Ende der Eingangshalle durch eine eisenbeschlagene Eichentür und traten ein in eine Welt, die noch wattierter, noch süßlicher, noch stiller war als die der Klinik. Vermutlich gingen die Schwestern auf Filz- oder Gummisohlen, ihre Schritte blieben lautlos. Auf dem Weg durch das weitverzweigte Labyrinth der Flure schaute Maigret sich zweimal um. Er hatte das Rascheln weiter Gewänder in seinem Rücken wahrgenommen oder das leise Klappern von Rosenkränzen, vielleicht auch nur den Hauch eines Luftzugs. Die Schwestern schwebten umher wie Fledermäuse.

Er warf einen Blick in eine Kapelle. Auf dem Altar lagen künstliche Blumen. Dann führte man ihn in einen Raum, in dem schwarze Stühle mit karmesinroten Samtpolstern aufgereiht an den Wänden standen.

»Unsere Ehrwürdige Mutter kommt gleich …«

Immerzu dieses Rauschen der Gewänder, das Rosenkranzgeklapper und der kaum wahrnehmbare Luftzug der vorbeischwebenden Hauben mit ihren ausgebreiteten Flügeln.

»Monsieur ...«

Er fuhr zusammen. Die anderen Schwestern waren für ihn lediglich Schwestern gewesen, diese jedoch, obwohl sie die gleiche Tracht trug, in deren weiten Ärmeln ihre Hände verschwanden, war eine Frau, deren Alter und Herkunft er hätte bestimmen können.

Sie hatte Format, war groß und schlank und richtete den ruhigen Blick ihrer grauen Augen auf ihn.

»Ich komme nicht wegen meiner Frau zu Ihnen, Schwester ...«

Er hatte das dunkle Gefühl, dass er »Ehrwürdige Mutter« oder etwas Ähnliches hätte sagen müssen, aber brachte es nicht über die Lippen.

»Ich möchte mich einige Minuten mit Schwester Marie des Anges unterhalten.«

Er hatte erwartet, sie würde auffahren, aber sie sah ihn noch immer mit derselben distanzierten Ruhe an, und er begann bereits, sie zu verabscheuen.

»Sie kennen die Vorschriften ...«

»Verzeihen Sie, Schwester, aber heute geht es nicht um Vorschriften.«

Er errötete ein wenig, weil er als Erster aufgebraust war.

147

»Ich wollte sagen: Die Vorschriften verlangen«, fuhr sie mit gleichbleibend ruhiger Stimme fort, »dass Sie eine unserer Schwestern nur im Beisein einer anderen sprechen dürfen.«

»Selbst dann, wenn ich mit einer Ermächtigung des Untersuchungsrichters käme?«

Er hatte sich vorgenommen, diplomatisch vorzugehen, aber aus irgendeinem Grund reizte ihn diese Vertreterin des Großbürgertums in Schwesternhaube. Eigentlich wusste er sehr gut, warum. Zur selben Zeit marschierten die Herren von der Staatsanwaltschaft gemeinsam mit den Inspektoren durch das kleine Haus der Familie Duffieux. Die Duffieux' hatten ihr Leben lang nichts anderes getan, als zu arbeiten, und sich jeden Centime vom Mund abgespart. In ihrem Haus befand sich ihre kleine ermordete Tochter, und anstatt sie ihrem Kummer zu überlassen, scheute man sich nicht, sie mit den intimsten Fragen zu behelligen, während die Schaulustigen sich an den Fenstern die Nasen plattdrückten und die Journalisten ihr Blitzlicht auf sie abfeuerten.

»Schwester Marie des Anges ist noch sehr jung und leicht zu beeindrucken.«

Er zuckte nur mit den Schultern.

»Ich lasse sie holen.«

Sie ging hinaus und sprach ein paar Worte zu einer Ordensschwester, die hinter der Tür gestanden haben musste, denn sie kam gleich wieder zurück.

»Ich habe Ihren Besuch schon erwartet. Schwester Marie des Anges hat es mir gestern gestanden. Sie hat einen schweren Verstoß gegen die Vorschriften begangen, als sie Ihnen den Zettel schrieb, ohne es mir zu sagen.«

Er war erstaunt, verwirrt, als er auf diese Weise erfuhr, dass seine Gesprächspartnerin unterrichtet war.

»Nur durch einen unglücklichen Zufall hat sie für eine oder zwei Stunden in Zimmer 15 gewacht. Sie ist noch nicht an die Schwerkranken gewöhnt, und das Delirium des armen Mädchens hat sie stark verunsichert.«

Maigret wurde misstrauisch und fragte:

»Kennen Sie Doktor Bellamy?«

»Ich kenne ihn.«

»Ich meine, kennen Sie ihn nur als Arzt, oder haben Sie auch gesellschaftlich mit ihm zu tun?«

Sie waren offensichtlich von ähnlicher Herkunft.

»Ich kenne ihn nur als Arzt. Ich stamme aus Bordeaux. Und da Sie darauf bestehen, werde ich Schwester Marie des Anges anweisen, Ihnen wortwörtlich zu wiederholen …«

Sie war es also, die hier die Anweisungen gab, nicht er!

»… was sie gehört hat oder glaubt, gehört zu haben. Es ist zwecklos, sie mit Fragen zu bedrängen, um ihr Gedächtnis aufzufrischen. Das habe ich schon besorgt. Die Worte, die sie vernommen hat, unterscheiden sich in nichts von dem, was viele Patienten im Delirium von sich geben. Ich befürchte jedoch, dass jemand Unbedarftes versucht sein könnte, ihnen eine Bedeutung beizumessen, die sie nicht haben. Schwester Marie des Anges hat unbedacht eine furchtbare Verantwortung auf sich genommen. Sie werden die gleiche Verantwortung auf sich nehmen, wenn Sie ihr zugehört haben, und ich bete zu Gott, dass er Ihnen die Kraft zu einem weisen Abwägen geben möge.«

Rascheln auf dem Flur.

»Treten Sie ein, Schwester. Ich gestatte Ihnen, Monsieur Maigret jene Worte zu wiederholen, die Sie mir anvertraut haben.«

»Bleiben Sie nur«, entschied plötzlich der Kommissar.

Und Schwester Marie des Anges errötete, blickte von einem zum anderen.

»Sie lag im Koma ...«, stammelte sie. »Einmal, während ich bei ihr wachte, hat sie um sich geschlagen und versucht, sich aufzusetzen. Dann hat sie sich an meinen Arm geklammert und geschrien:

›Hat man ...‹«

Sie hielt inne, ihre Augen suchten erneut die Zustimmung der Oberin. Maigret blickte weiterhin mürrisch.

»›Hat man ihn verhaftet? ... Man darf ihn nicht

verhaften … Bitte! … Ich will nicht … Ich will nicht …‹«

Wieder hielt sie inne. Maigret ahnte, dass das Wesentliche noch unausgesprochen war.

Die Oberin kam ihm zu Hilfe, indem sie sagte:

»Fahren Sie fort. Sie wissen, dass ich mir Ihre Worte notiert habe, ich werde sie dem Kommissar vortragen, wenn er es wünscht.«

»Sie hat hinzugefügt:

›Man darf ihr nicht glauben … *Sie* ist das Ungeheuer …‹«

»Ist das alles?«

»Das ist alles, was ich in dem Augenblick verstehen konnte. Bei einigen Wörtern bin ich mir nicht ganz sicher.«

Aber sie hatte noch etwas auf dem Herzen. Maigret erkannte es an dem fragenden Blick, den Schwester Marie des Anges auf die Oberin richtete.

»Haben Sie denn noch andere Wörter aufgeschnappt?«

»Ja … Aber sie hatten keinen Sinn … Sie hat von einem silbernen Messer gesprochen.«

»Sind Sie sich ganz sicher?«

»Ja, denn sie hat es mehrere Male wiederholt. Und sie hat auch gesagt:

›Ich habe es berührt.‹

Und dabei hat sie heftig gezittert …«

»Ist das alles, Schwester?«

Ruhig, mit sanfter, aber fester Stimme sagte die Oberin:

»Sie können gehen, Schwester.«

Maigret zog die Brauen zusammen und wollte widersprechen. Aber mit der gleichen Ruhe bedeutete sie ihm zu schweigen und schloss eigenhändig die Tür.

»Was nun folgt und im Übrigen von keinerlei Interesse ist, sage ich Ihnen lieber selbst. Ich kann es nicht auf mich nehmen, eine unserer jüngsten Schwestern zu zwingen, in Gegenwart eines Mannes von gewissen Dingen zu sprechen. Ich weiß nicht, ob Sie schon einmal bei einem Sterbenden im Delirium gewacht haben.«

Diese Frage stellte sie ausgerechnet Maigret, der auf dreißig Jahre Kriminalpolizei zurückblickte!

»Ich möchte vor allem betonen, dass bisweilen eine gravierende Veränderung der Persönlichkeit eintreten kann. Ein Arzt würde Ihnen das besser erläutern können als ich. Tatsache ist, dass dieses Mädchen mehrmals unflätige Wörter verlauten ließ, die ich, wenn Sie gestatten, nicht wiederholen werde.«

»Hat Schwester Marie des Anges sie Ihnen anvertraut?«

»Es war meine Pflicht, sie anzuhören.«

»Ich nehme an, dass diese Wörter sexueller Natur waren?«

»Die meisten. Ich füge hinzu, dass es Wörter sind, die man in einem Lexikon vergeblich sucht.«

Er zögerte, senkte schließlich den Kopf.

»Ich danke Ihnen«, murmelte er.

Und als wollte sie ihm sein aufbrausendes Verhalten verzeihen, sagte sie in völlig anderem Tonfall:

»Ich nehme an, dass Sie nun unsere liebe Patientin zu sehen wünschen. Man hat mir berichtet, sie sei sehr enttäuscht gewesen, dass Sie nicht wie üblich angerufen haben. Stellen Sie sich vor, sie ist zum ersten Mal aufgestanden und hat sich so gefreut, Ihnen selbst antworten zu können.«

»Ich danke Ihnen«, sagte er noch einmal, als er ihr durch den langen Flur folgte.

Man hatte ihn durch die eisenbeschlagene Tür geschleust, die hinter ihm ins Schloss fiel. Er war wieder in der Klinik, die ihm nun, im Gegensatz zum eigentlichen Kloster, wie ein gewöhnlicher, lauter Ort erschien.

An der Treppe erwartete ihn nicht Schwester Marie des Anges, sondern Schwester Aldegonde. Madame Maigret sah ihn etwas besorgt an, wagte aber nicht, ihm Fragen zu stellen.

»Verzeih mir«, sagte er. »Ich war heute Morgen sehr beschäftigt.«

»Ich weiß.«

»Was weißt du?«

»Mir ist es erst jetzt eingefallen. Ich nehme an,

dass du zur Beerdigung gegangen bist. Hast du unseren Kranz gesehen?«

War es tatsächlich seine Frau, die ihn das fragte? Ein paar Tage in der Klinik hatten also genügt, um aus ihr eine andere zu machen.

»Weißt du, dass es mir viel besser geht ...«

»Und dass du aufgestanden bist, ja.«

»Wer hat es dir erzählt?«

Er traute sich nicht, die Oberin zu erwähnen. Er hatte es eilig, die Klinik wieder zu verlassen. Es behagte ihm nicht, wie Madame Maigret ihn ansah, und er gab sich Mühe, in leichtem Tonfall über belanglose Dinge zu reden.

Niemals war die halbe Stunde so lang gewesen, zumal Schwester Marie des Anges nicht wie üblich im Zimmer erschien und sie unterbrach. Als er sich über seine Frau beugte, um sie zum Abschied zu küssen, flüsterte sie:

»Zimmer 15 beschäftigt dich, nicht wahr?«

Sie hatte es erraten, natürlich! Mit stillem Vorwurf, aber ohne Hoffnung auf Einsicht fügte sie hinzu:

»Du hattest dich so gefreut, endlich Ferien zu haben! Rufst du mich morgen an?«

Er musste noch einmal umkehren, um Mademoiselle Rinquet Auf Wiedersehen zu sagen; er hatte sie ganz vergessen. Merkwürdigerweise machte er in keinem der Bistros, an denen ihn sein Weg vorbeiführte, Station. Erst vom Hotel aus rief er an.

»Hallo? ... Ich möchte Doktor Bellamy sprechen ... Hallo? ... Sind Sie es, Doktor? ... Entschuldigen Sie die Störung ... Ich habe mir schon gedacht, dass ich Sie heute nicht in der Brasserie antreffe ... Ich hätte mich gern mit Ihnen unterhalten ... Wann es Ihnen am besten passt ... Hallo? ... Wie bitte? ... Sofort? ... Ich danke Ihnen ... Ich werde in zehn Minuten an Ihrer Haustür läuten ...«

Wie schon am Morgen ignorierte er Monsieur Léonard, der um ihn herumstrich wie ein Hund, der nicht weiß, warum sein Herr ihn nicht mehr streichelt.

»Wenn die Herren mich fragen sollten, wo Sie sind ...«, brachte er nach einigem Zögern heraus.

»Dann sagen Sie ihnen, Sie wüssten es nicht.«

Das Mundstück seiner Pfeife zwischen die Zähne geklemmt, ging Maigret mit langen Schritten davon.

Francis öffnete ihm die Tür und sagte mit einem Augenzwinkern:

»Man erwartet Sie oben.«

Die schwarzen Behänge, die Kerzen, die Blumen, alles war verschwunden. Das Haus hatte wieder sein normales Aussehen, und nur ein Geruch von Weihrauch und Blumen hing noch in der Luft. Maigret folgte dem Diener über den schweren Läufer die Treppe hinauf. Francis öffnete die Tür zum Arbeitszimmer, und noch bevor Maigret etwas sehen konnte, roch er Zigarrenrauch.

Zwei Herren in vertraulichem Gespräch. Doktor Bellamy stand aufrecht, ein wenig schroff, aber korrekt wie immer, ohne die geringste Spur von Erregung, weder in seinen Zügen noch in der Stimme.

»Mein lieber Alain«, sagte er, vielleicht mit einer Spur Ironie, die auf den neuen Gast abzielte, »ich habe die Freude, dir Kommissar Maigret vorzustellen, den du so gern kennenlernen wolltest ... Monsieur Maigret, dies ist mein alter Freund Alain de Folletier, Untersuchungsrichter in La Roche-sur-Yon ...«

Der Mann war groß, etwas feist, mit frischer Gesichtsfarbe. Er trug eine ockerfarbene Jacke, Reithosen und falbfarbene Reitstiefel. Er rauchte eine von den Zigarren, die in einer offenen Kiste neben den Likörgläsern auf dem Schreibtisch lagen.

»Sehr erfreut, Kommissar ... Ich brauche Ihnen nicht zu sagen, warum ich heute hier bin ... Es ist mir furchtbar peinlich übrigens, in diesem Aufzug zu erscheinen ... Ich hatte einen Tag Urlaub genommen und wollte bei Freunden auf dem Land ausreiten ... Man hat alle erdenkliche Mühe gehabt, mich telefonisch zu erreichen, und der Staatsanwalt hat mich gebeten, möglichst schnell hierherzukommen ...«

Man bat Maigret, auf einem Ledersessel Platz zu nehmen. Der Doktor bot ihm eine Zigarre an.

»Chartreuse oder Armagnac?«

Geistesabwesend antwortete er:

»Armagnac.«

Er nahm keine Zigarre, sondern stopfte sich seine Pfeife. Es war sehr heiß in dem Zimmer, in dem noch die freundliche Stimmung des Gesprächs zu spüren war, das die beiden Männer zuvor geführt hatten.

»Wir haben zusammen die höhere Schule besucht, Bellamy und ich. Sie werden deshalb begreifen, dass ich mich gleich hierher begeben habe, nachdem ich diese …«

Diese lästige Angelegenheit! Das hatte er sagen wollen und damit die Untersuchung der Staatsanwaltschaft bei so uninteressanten kleinen Leuten wie den Duffieux' gemeint.

»Nachdem ich diese Sache beenden konnte … Sie wissen Bescheid, Kommissar? … Man hat mir gesagt, dass Sie sich in Les Sables aufhalten, allerdings nur, um Ihre Ferien hier zu verbringen …«

Ein skeptisches Lächeln huschte über die Lippen des Richters, der einen kleinen braunen Schnurrbart trug.

»Was Sie nicht daran hindert, einiges in Erfahrung zu bringen, nicht wahr? … Und den Inspektoren aus Poitiers Ihre Hilfe zu versagen … Es ist Ihr gutes Recht … Im Übrigen sage ich das nur im Scherz. Ihr Ruf ist mir durchaus bekannt, wie jedem anderen auch … Als Sie anriefen und Philippe mir vorschlug, auf Sie zu warten, habe ich mich über die Gelegenheit gefreut …«

»Hat Doktor Bellamy Ihnen auch gesagt, warum ich ihn aufsuchen wollte?«

Sie waren zu dritt, einer rauchte Pfeife, der andere Zigarre und der Doktor schließlich seine dünnen ägyptischen Zigaretten. Die Karaffen und Gläser auf dem Schreibtisch, allesamt aus geschliffenem Kristall, enthielten Chartreuse und alten Armagnac.

»Er hat mich soeben darüber unterrichtet«, erwiderte der Richter gut gelaunt. »Ich finde es ziemlich amüsant ... Das sieht Philippe ähnlich, und, gestatten Sie mir hinzuzufügen, auch Ihnen ... so, wie man Sie sich vorstellt ...«

Der Doktor hatte sich inzwischen gesetzt und die Ellbogen auf den Schreibtisch gestützt. In aller Ruhe blickte er von einem zum anderen.

»Im Grunde, wenn ich es richtig verstehe, und trotz Ihres geheiligten Urlaubs, erscheint Ihnen der tragische Unfall, der seine unglückliche Schwägerin das Leben kostete, nicht ganz geheuer, und Sie haben begonnen, den Doktor ein wenig unter die Lupe zu nehmen ...«

Sein Ton war freundlich, etwas herablassend, er sprach wie ein Aristokrat, der sich mit einem interessanten, aber etwas gewöhnlichen Mann unterhält, als handelte es sich um ein Phänomen, von dem er später seinen Freunden erzählen würde.

»Hat Ihnen der Doktor gesagt, ich würde ihn unter die Lupe nehmen?«

»Nicht gerade mit diesen Worten … Er hat mir gesagt, dass Sie ihn verdächtigten und er Ihnen entgegengekommen sei, indem er sich Ihnen zur Verfügung gestellt und Sie in sein Haus eingeladen habe … Ist es so?«

»Ungefähr.«

»Das sieht ihm ähnlich. Solche Streiche spielt er den Leuten recht gern … Da Sie ihn angerufen haben, um ihn um eine Unterredung zu bitten, haben Sie wohl Neuigkeiten … Du brauchst keine Angst zu haben, Philippe, ich lasse euch allein … Ich weiß besser als jeder andere, dass eine Untersuchung Geheimhaltung erfordert …«

»Ich bitte dich … Monsieur Maigret kann offen sprechen …«

Maigret hielt sein Glas in der Hand. Sein Sessel war so tief, dass er wie zusammengesunken dasaß, mit eingezogenem Hals zwischen den breiten Schultern.

»Ich möchte Sie unter anderem fragen, Doktor, wo Sie gestern Abend gewesen sind.«

Ein rascher Blick zum Fenster. Bellamy dachte an das Licht, das er hatte brennen lassen, wahrscheinlich, um seine Anwesenheit im Haus vorzutäuschen. Dachte er auch an Francis? Möglich. Jedenfalls antwortete er schlicht:

»Ich habe meine Schwiegermutter im Hôtel de Vendée aufgesucht.«

Maigret wäre beinahe rot geworden. Der Richter lächelte, als zählte er die Punkte.

»Sie ist am späten Nachmittag mit ihrem Mann eingetroffen. Sie ist wieder verheiratet.«

Noch ein Punkt! Maigret sah das Paar wieder vor sich, das ihm auf der Straße begegnet war. Warum hatte er nicht daran gedacht? Es war so einfach!

»Sie hat mich gegen acht Uhr angerufen. Ich habe sie nach den Strapazen der Reise nicht herbemühen wollen und bin selbst ins Hotel gegangen, um sie ins Bild zu setzen.«

»Ich danke Ihnen und erlaube mir, Ihnen eine weitere Frage zu stellen: Wer behandelt Ihre Frau seit dem 1. August?«

»Doktor Bourgeois. Ich hätte sie selbst behandeln können, da sie unter einer nervösen Depression leidet, aber wie die meisten meiner Kollegen behandle ich ungern Angehörige.«

Das Lächeln des Richters Folletier bedeutete einen weiteren Punkt. Es belustigte ihn. Dies würde eine ausgezeichnete Geschichte hergeben, die er in La Roche und in den Schlössern der Umgebung erzählen könnte.

»Wann haben Sie Doktor Bourgeois gerufen?«

Ein kaum wahrnehmbares Zögern, aber der Untersuchungsrichter streckte seine langen Beine aus und schien etwas zu wittern.

»Am ersten Tag?«

»Ich glaube nicht. Ich nehme an, Monsieur Maigret, dass bei Ihnen zu Hause schon einmal jemand krank gewesen ist. Da fällt mir ein ... Ihre Frau liegt doch in der Klinik und wird von meinem Kollegen Bertrand behandelt. Haben Sie ihn am ersten Tag gerufen?«

»Am zweiten.«

»Weil die Beschwerden da eindeutig waren und unvermittelt hohes Fieber auftrat. Bei meiner Frau ...«

Der Richter, ganz Kavalier, wollte eingreifen, als wäre es ungehörig, über die persönlichen Dinge von Madame Bellamy zu sprechen, und diesmal sah er Maigret an, als hätte er es mit einem ungehobelten Kerl zu tun.

»Lass nur. Bei meiner Frau, sagte ich, hat es mit einer großen Müdigkeit begonnen. Sie ist im Bett geblieben, wie es bei Frauen häufig vorkommt ...«

»An welchem Tag?«

»Ich habe es mir nicht gemerkt.«

»Es war doch zwei Tage vor dem Unfall, nicht wahr?«

»Durchaus möglich.«

Der Richter wippte ungehalten mit den Füßen.

»Vergessen Sie nicht, Doktor, dass Sie mich eingeladen haben hierherzukommen, sooft ich es wünsche, und Ihnen alle Fragen zu stellen, die ich für nötig halte.«

»Und ich bitte Sie abermals darum.«

»Ist Doktor Bourgeois am Tag des Unfalls gekommen?«

»Nein.«

»Am folgenden Tag?«

»Nein, wohl auch nicht.«

»Also frühestens zwei Tage später. War er gestern da?«

»Ja.«

»Heute?«

»Noch nicht.«

»Sind Sie bei jedem Besuch zugegen gewesen?«

»Ja.«

»Das ist doch ganz natürlich, meine ich«, brach es aus Alain de Folletier heraus. »Gestatten Sie mir, Ihnen zu sagen, Kommissar, dass …«

»Lass nur! Ich höre Ihnen zu, Monsieur Maigret …«

Dieser hatte schon seit einiger Zeit die Gegenstände auf dem Schreibtisch betrachtet. Die lederne Schreibunterlage trug die Initialen des Doktors, das Löschblatt auch. Vor dem Tintenfass lagen ein breites Papiermesser aus Elfenbein und ein kleiner, schmaler, spitzer Brieföffner.

»Gestatten Sie mir, Ihrem Diener eine einfache Frage zu stellen, natürlich in Ihrer Gegenwart?«

Diesmal erhob sich der Richter. Der Doktor bedeutete ihm erneut, sich zu beruhigen, und betätigte den Klingelknopf.

»Wie Sie sehen«, bemerkte er mit einem Anflug von Nervosität, »halte ich die Spielregeln bis zum Schluss ein.«

»Sie halten das immer noch für ein Spiel?«

Es klopfte an der Tür. Francis trat ein und griff ganz selbstverständlich nach dem Tablett.

»Francis, Kommissar Maigret möchte Ihnen eine Frage stellen, und ich gestatte Ihnen, sie zu beantworten.«

Zum zweiten Mal an diesem Nachmittag erteilte man jemandem die Erlaubnis, mit ihm zu sprechen. Und zwar nicht nur, weil er, wie der Richter sagte, hier seine Ferien verbrachte.

Es war eine Frage der Rangordnung, und dem Kommissar klingelten allmählich die Ohren.

»Sagen Sie«, fragte er ohne jeden Nachdruck, »wo haben Sie das silberne Messer hingelegt?«

Er gab sich nicht die Mühe, den Doktor zu beobachten. Stattdessen sah er dem Diener direkt in die Augen. Francis überlegte und wandte sich dann an seinen Herrn.

»Liegt es nicht an seinem Platz? … Ich schwöre, dass ich es nicht genommen habe … Wenn Sie gestatten, werde ich gleich nachsehen …«

Das silberne Messer stammte also nicht aus dem Reich der Phantasie. Es gab tatsächlich eines im Haus, dasselbe vermutlich, von dem Lili Godreau in ihren Fieberträumen heimgesucht worden war.

»Das ist nicht nötig«, sagte Maigret. »Ich danke Ihnen.«

»Ist das alles?«

Francis konnte nicht umhin, ihm beim Hinausgehen einen vorwurfsvollen Blick zuzuwerfen. Sie hatten doch noch am Abend zuvor in Popines Esszimmer Freundschaft geschlossen! Hatte er ihm nicht alles gesagt? Warum behandelte der Kommissar ihn vor diesen Leuten wie einen Dieb?

»Ich stehe Ihnen weiterhin zur Verfügung, Monsieur Maigret.«

»Und ich möchte Ihre Geduld und die des Herrn Untersuchungsrichters nicht übermäßig in Anspruch nehmen.«

Dieser zog mit einem Ausdruck, als hätte man ihm tatsächlich die Zeit gestohlen, seine Uhr hervor. Als hätte Maigret in der Bibliothek, in der sich die beiden Freunde zusammengefunden hatten, um zu plaudern, seinen kleinen Auftritt gehabt – und sich zu viel herausgenommen. So wie ein Kind, das man Erwachsenen vorstellt und das sich dann, ihrer Aufmerksamkeit gewiss, besonders unerzogen aufführt.

»Ich hätte gern einen Blick in Ihre Praxis geworfen, Doktor.«

»Wie Sie wünschen.«

Klang seine Stimme nicht ein wenig matt?

»Wenn du uns begleiten magst, Alain ... Übrigens

glaube ich, du hattest bisher noch nicht die Gelegenheit, das Nebengebäude zu besichtigen.«

Sie gingen hinunter. Maigret voran, die beiden Männer hinter ihm. Der Richter sprach leise mit seinem Freund. Sie traten durch eine Tür hinaus, der Weg durch den Garten führte sie um einen kleinen Teich herum.

Ganz hinten befand sich eine Garage aus rotem Backstein, die auf die kleine Straße zugehen musste, und neben der Garage ein einstöckiges Gebäude, dessen Tür der Doktor mit einem Schlüssel öffnete, den er aus seiner Hosentasche gezogen hatte.

Der Flur war nüchtern und kalt; das Wartezimmer wirkte im Vorübergehen wie alle Wartezimmer. Immerhin waren die Stühle nicht abgenutzt wie bei den meisten Ärzten, und an den Wänden hingen nicht die üblichen Aquarelle. Aber auch hier lagen einige Zeitschriften und Illustrierte auf einem Tischchen.

»Wenn Sie mir folgen wollen …«

Im ersten Stock gab es nur zwei Räume. Der größere, sehr helle war das Sprechzimmer. Es war komfortabel ausgestattet. Zu jeder Seite des Schreibtisches, so groß wie der in der Bibliothek, stand ein Ledersessel. An der Wand befand sich ein schmaler, ebenfalls mit Leder bezogener Divan, der gewiss zur Untersuchung der Patienten diente.

Durch die Milchglasscheiben der beiden Fenster

zum Garten schien die Sonne herein. Vor den Fenstern zur Straße hingen Vorhänge; man blickte lediglich auf die fensterlose Mauer eines Lagerhauses.

Maigret öffnete die Tür zum Nebenzimmer. Es war kleiner und mit einem Waschbecken und Glasschränken ausgestattet, in denen sorgfältig aufgereiht vernickelte Geräte lagen.

Er sah sich langsam um, die Hände in den Taschen, zum größten Leidwesen des Richters, dem sein Verhalten zunehmend auf die Nerven ging. Dann beugte er sich über den Schreibtisch.

»Das silberne Messer ist nicht an seinem Platz«, stellte er fest.

»Wer sagt Ihnen, dass es hierher gehört?«

»Das ist bloß eine Vermutung. Sie bräuchten nur Ihren Diener zu rufen, dann könnte man ihn gleich danach fragen.«

»Auf meinem Schreibtisch hat tatsächlich ein Papiermesser mit silbernem Griff gelegen. Ich habe nicht einmal bemerkt, dass es verschwunden ist ...«

»Sie haben aber seit dem 1. August Patienten hier empfangen?«

»Ich habe im Prinzip dreimal wöchentlich Sprechstunde, und an den anderen Tagen nach Vereinbarung.«

»Wann sind Ihre Sprechstunden?«

»Sie können es draußen auf dem Messingschild

nachlesen. Montags, mittwochs und freitags von zehn bis zwölf.«

»Abends nie?«

»Wie bitte?«

»Ich frage Sie, ob Sie abends niemals Patienten empfangen?«

»Selten. Gelegentlich, wenn ein Patient tagsüber nicht kommen kann.«

»Ist das in letzter Zeit vorgekommen?«

»Ich erinnere mich nicht, aber bitte fühlen Sie sich frei, mein Patientenbuch durchzusehen.«

Maigret blätterte es ungeniert durch, las Namen, die ihm nichts sagten.

»Würde sich jemand aus dem Haus erlauben, Sie zu stören, wenn Sie hier sind?«

»Können Sie mir erklären, wen genau Sie damit meinen?«

»Jemand vom Personal zum Beispiel ... Ihr Diener ... Oder das Mädchen Ihrer Frau ...«

»Nein, bestimmt nicht. Das Nebengebäude ist mit der Wohnung durch ein Haustelefon verbunden ...«

»Ihre Frau?«

»Ich glaube, sie hat die Praxis noch nie betreten. Höchstens gleich nach unserer Heirat, als ich ihr das Haus gezeigt habe.«

»Ihre Mutter?«

»Sie kommt nur in meiner Abwesenheit, um das Personal beim Putzen zu beaufsichtigen.«

»Ihre Schwägerin?«

»Nein.«

Die beiden Männer gaben sich keine Mühe mehr, höflich zu sein. Rede und Gegenrede wechselten in rascher Folge, der Ton war scharf. Weder der eine noch der andere versuchte, eine verbindliche Miene aufzusetzen.

Maigret öffnete in aller Ruhe ein Fenster und blickte auf die Bäume im Garten. Zwischen einer Buche und einer Kiefer von dunklerem Grün konnte man einen Teil des Hauses sehen, genau genommen zwei Fenster im ersten Stock und ein Mansardenfenster im zweiten Stock, der ausgebaut war.

»Zu welchem Zimmer gehören diese Fenster?«

»Das linke ist ein Flurfenster, das rechte das vom Ankleidezimmer meiner Schwägerin.«

»Und das darüber?«

»Das gehört zu Jeannes Zimmer, ich meine, das des Dienstmädchens.«

»Sie wissen nicht, an welchem Tag das Messer verschwunden ist?«

»Bis Sie herkamen, wusste ich nicht einmal, dass es verschwunden ist. Ich habe in meiner Praxis nicht oft Gelegenheit, die Seiten eines Buchs aufzuschneiden. Was die Post anbelangt, sie wird im Haus abgegeben, und ich öffne sie meistens in meiner Bibliothek.«

»Ich danke Ihnen …«

»Ist das alles?«

»Das ist alles. Ich werde, wenn Sie erlauben, durch die kleine Tür hinausgehen.«

Auf der schmalen Treppe wandte er sich um.

»Übrigens, wann sind Sie heute Nacht nach Hause gekommen?«

»Ich kann es Ihnen nicht genau sagen, aber es muss gegen Mitternacht gewesen sein. Francis war schon fort und hatte das Tablett mit dem Whisky in der Bibliothek stehen lassen. Ich bin hinuntergegangen, um Eis aus dem Kühlschrank zu holen.«

»Und haben Sie Ihre Frau gesehen?«

»Nein.«

»Hat ihre Mutter sie gesehen?«

»Heute Morgen, vor der Beerdigung.«

»In Ihrer Gegenwart?«

»Ja.«

Er ließ sich nicht aus der Ruhe bringen. Die Maschine lief wie geölt, keine Störung, kein Stottern. Vielleicht klang seine Stimme eine Spur nervöser, ein wenig schneidender.

Noch am Vortag hatten sich die beiden Männer umgänglich und einander zugewandt gezeigt. Nun waren sie aneinandergeraten.

»Erteilen Sie mir auch weiterhin die Erlaubnis, Sie aufzusuchen, Doktor? Übrigens bin ich hier, wie Monsieur de Folletier sehr richtig bemerkt hat, in den Ferien und habe keinerlei Befugnis, irgendetwas von Ihnen zu fordern. Zudem besucht er Sie, obwohl offiziell als Richter nach Les Sables bestellt, ja auch nur als Freund ...«

»Ich stehe selbstverständlich weiterhin zu Ihrer Verfügung.«

Er hatte die Sicherungskette an der Tür gelöst und zog den Riegel.

»Bis bald, Doktor.«

»Wann immer Sie wünschen.«

Ein kurzes Zögern, als er hinaustreten wollte, doch schließlich reichte ihm der Doktor doch noch die Hand, und Maigret schüttelte sie. Der Richter hingegen übersah die Hand, die der Kommissar ihm nun seinerseits entgegenstreckte.

»Auf Wiedersehen, Herr Richter. Und für alle Fälle, auch hinsichtlich Ihrer Untersuchung, möchte ich Sie noch darauf aufmerksam machen, dass die kleine Lucile Duffieux gestern gegen halb fünf das Zimmer von Madame Bellamy verlassen hat.«

»Ich weiß.«

Maigret, bereits auf dem Gehsteig, stutzte und fuhr herum.

»Mein Freund Philippe hat mich, noch ehe Sie kamen, davon unterrichtet, Kommissar. Guten Abend!«

Die kleine Straße lag verlassen da. Man blickte auf nackte Mauern, das geschlossene Garagentor und das weiß gekalkte Gebäude mit dem Wartezimmer im Erdgeschoss und dem Sprechzimmer im ersten Stock.

Ein Messingschild mit dem Namen von Doktor Bellamy zeigte die Sprechstunden an. Ein kleineres Schild bat die Patienten, den Knopf zu drücken und einzutreten.

7

Die Straße draußen am Stadtrand, wo sich bereits die Felder ausdehnten, sah wieder aus wie immer. Hier und dort saß ein Pensionär vor seinem Haus und rauchte Pfeife. Manchmal hörte man eine kreischende Stimme nach einem Kind rufen. Ein paar Jungen spielten mitten auf der Straße mit einem Ball, und irgendwo rutschte ein kleines Gör im blauen Hemdchen und mit nacktem Hintern auf dem ungepflasterten Gehsteig herum.

Die Tür der Familie Duffieux war geschlossen. Und nun, da man sie endlich in Ruhe ließ, musste Maigret sie behelligen. Die Bemerkung des Richters hatte ihn leicht aus der Fassung gebracht. Doktor Bellamy hatte ihm also gleich von dem Besuch des Mädchens am Vortag erzählt.

Im Grunde war es nur folgerichtig, dass er dem Kommissar zuvorkommen wollte, da dieser das Mädchen ja gesehen hatte. Welche Erklärung mochte er für ihre Anwesenheit im Zimmer seiner Frau gegeben haben?

Maigret klopfte und hörte, wie ein Stuhl auf den Küchenfliesen zurückgeschoben wurde. Die dicke

Frau, die er am Vormittag im Haus angetroffen hatte, öffnete die Tür. Ob sie ihn erkannte? Vielleicht hatte sie im Laufe des Tages so vielen Leuten Rede und Antwort stehen müssen, dass es ihr auf einen mehr oder weniger nicht mehr ankam.

Sie hielt den Finger an die Lippen und sagte:

»Pst ... Sie schläft ...«

Maigret trat ein, nahm den Hut ab, sah die Schlafzimmertür, die angelehnt war, damit einem auch das leiseste Rufen von Madame Duffieux nicht entging. Der Arzt hatte ihr ein Schlafmittel gegeben.

Warum hatte der Kommissar, wie schon am Morgen, das Gefühl, es wäre Winter, obgleich doch August war? Vielleicht ist es immer so in diesen kleinen Häusern. In der Küche war es so dunkel, als dämmerte es draußen. Auf dem Herd, in dem ein Feuer brannte, köchelte eine Suppe, die den Geruch von Lauch verströmte. Vermutlich waren es die rotglühende Herdplatte und das Knistern des Feuers, die an den Winter erinnerten.

Monsieur Duffieux saß mit offenem Kragen in einem Korbsessel, den Kopf zurückgelegt, den Mund halb geöffnet. Selbst im Schlaf hatte er einen bestürzten und verzweifelten Gesichtsausdruck.

Wie war es der alten Frau nur gelungen, im Nu wieder Ordnung zu schaffen und alles zu säubern, nachdem die Herren hier ein und aus gegangen waren? Es roch im ganzen Haus nach Seife. Als die Frau sich setzte, nahm sie gleich ihr Strickzeug wieder auf. Frauen wie sie müssen immer etwas zu tun haben.

Maigret stellte einen Stuhl vor den Ofen. Er wusste zu gut, dass der Ofen für manch einen die beste Gesellschaft ist. Leise fragte er:

»Gehören Sie zur Familie?«

»Die Kinder nannten mich Tante«, antwortete sie, während sie die Maschen zählte. »Aber ich bin nicht mit ihnen verwandt. Ich wohne drei Häuser weiter und war da, wenn Marthe im Wochenbett lag. Die Kleine ließ sie immer bei mir, wenn sie ihre Einkäufe erledigen musste. Sie ist nie bei guter Gesundheit gewesen.«

»Weiß man schon, warum Lucile zu Doktor Bellamy gegangen ist?«

»Sie ist zum Doktor gegangen? ... Davon haben die Herren nichts gesagt. Waren Sie nicht dabei? Einen Augenblick ... Sie haben mir von dem Geld erzählt, das sie in der Dose gefunden haben und von den Lotteriescheinen ... Das wird es gewesen sein. Gehen Sie in ihr Zimmer – meine alten Beine tragen mich nicht mehr – und öffnen Sie den Schrank ... Als sie weg waren, habe ich alles so gut es ging wieder aufgeräumt ... Hinten rechts müssten Sie eine Blechdose finden ...«

Die Leiche war nicht mehr da. Wie Lili Godreau musste auch die kleine Lucile zuletzt noch die Kränkung der Obduktion über sich ergehen lassen.

Maigret folgte den Anweisungen der Alten. Unter den Kleidern, die die Inspektoren sicherlich auf Knopf und Naht untersucht hatten, entdeckte er eine alte Keksdose und brachte sie in die Küche.

Die alte Frau sah zu, wie er den Deckel öffnete und die Geldscheine und Münzen zählte.

War es das Klimpern der Münzen? Duffieux öffnete die Augen ein wenig, aber als er ein weiteres fremdes Gesicht in seinem Haus erblickte, zog er es vor, sie wieder zu schließen und weiterzuschlafen.

Die Dose enthielt zweihundertfünfunddreißig Franc. Außerdem lagen Abreißheftchen mit Lotteriescheinen für den Schulfonds darin. Ein Schein kostete einen Franc, das ganze Heftchen fünfundzwanzig.

Die meisten Scheine waren einzeln verkauft worden, und auf den Kontrollabschnitten waren die Namen von Leuten aus dem Viertel verzeichnet. Auf ein aus einem Schulheft herausgerissenes Blatt hatte die Kleine mit Bleistift geschrieben:

> *Malterre: 1 Heftchen*
> *Jongen: 1 Heftchen*
> *Mathis: 1 Heftchen*
> *Bellamy: 1 Heftchen*

Die drei ersten Namen waren die von Geschäftsleuten aus der Innenstadt.

Wieder einmal hatte der Doktor eine durch ihre

Einfachheit entwaffnende Erklärung gehabt. Er hatte dem Richter, der ihn nicht einmal danach gefragt hatte, nur sagen müssen:

»Übrigens hat meine Frau mir gesagt, dass dieses Mädchen sie gestern Nachmittag aufgesucht habe, um ihr Lotteriescheine zu verkaufen ...«

Für Maigret reichte diese Erklärung nicht aus, da er wusste, dass Madame Bellamy das Mädchen erwartet hatte. Er wusste zudem, dass das Mädchen schon einmal dort gewesen war und Francis seinen Namen genannt hatte.

Er legte das Geld und die Heftchen wieder in die Dose und stellte sie in den Schrank zurück.

»Kennen Sie den Namen ihrer Lehrerin?«

»Madame Jadin ... Sie wohnt in der Nähe des Friedhofs in einem neuen Haus. Sie erkennen es an dem gelben Anstrich ... Die Herren haben sich die Namen notiert, die Sie da eben auf dem Zettel in der Dose gesehen haben, ... Sie müssen auch zu Madame Jadin gegangen sein ...«

»Haben sie auch über Émile gesprochen?«

»Arbeiten Sie denn nicht mit denen zusammen?«

Er wich der Frage aus.

»Ich gehöre nicht zu derselben Dienststelle.«

»Sie haben mich gefragt, wo sich der Junge aufhält, und als ich geantwortet habe, dass er in Paris sein muss, haben sie seine Adresse haben wollen ... Ich habe ihnen die Ansichtskarte gezeigt ...«

»Und den Brief?«

»Über den haben wir nicht gesprochen.«

»Würden Sie ihn mir zeigen?«

»Nehmen Sie ihn heraus … Er liegt in der rechten Schublade im Küchenschrank.«

Gérard Duffieux musste das Gespräch im Halbschlaf wie ein unbestimmtes, fernes Geräusch wahrnehmen. Von Zeit zu Zeit bewegte er sich ein wenig, aber er war zu müde und mochte nicht ganz wach werden.

Die rechte Schublade war eine Art Haushaltstresor. Es lagen alte Briefe darin, Rechnungen, Fotografien, eine dicke, abgenutzte Brieftasche mit Dokumenten, Duffieux' Soldbuch, die Heiratsurkunde, die Geburtsscheine.

»Der Brief liegt ganz oben!«, rief die dicke Frau.

Ein Geruch nach altem Papier stieg aus der Schublade auf, in die auch die Andenken an Lucile und ihr Totenschein wandern würden.

»Darf ich ihn lesen?«

Sie warf einen Blick auf den schlafenden Duffieux und sagte:

»Wissen Sie, nach allem, was die Familie schon erlebt hat …«

Der Brief war auf einem Bogen Geschäftspapier von Larue & Georget geschrieben, der Druckerei der Stadt. Jeden Morgen kam Maigret auf dem Weg vom Remblai zum Hafen an der Druckerei vorbei.

Meine liebe gute Maman …

Er hatte eine regelmäßige, enggeführte und sehr akkurate Handschrift.

Du kannst nicht wissen, wie sehr mich noch im letzten Augenblick der Mut verlässt, wenn ich an den Kummer denke, den ich Dir bereite. Bitte lies diesen Brief langsam, in aller Ruhe und ganz allein an Deinem Platz am Feuer. Ich schaue Dir zu! Ich weiß, dass Du weinen wirst und Deine Brille abnehmen musst, um sie zu putzen.

Und trotzdem, Maman, was Dir nun widerfährt, widerfährt wohl allen Eltern. Ich habe viel darüber nachgedacht. Ich habe in vielen Büchern Rat gesucht und bin zu dem Schluss gekommen, dass es ein Naturgesetz ist.

Ich bin kein Unmensch. Ich bin nicht egoistischer als ein anderer. Ich bin auch nicht gefühllos.

Aber sieh doch, arme Maman, ich habe einen solchen Lebenshunger! Wirst Du das verstehen können, nachdem Du Dein Leben den anderen geopfert hast, Deinem Mann, Deinen Kindern, jedem, der Dich brauchte?

Ich muss hinaus ins Leben, und das ist ein wenig Deine Schuld. Meine ersten Ambitionen, die hast Du in mir geweckt, indem Du Dich in Verzicht geübt hast, um mir eine gute Schulbildung zu ermöglichen. Statt mich in eine Lehre zu schicken wie alle Jungen aus unseren Kreisen, hast Du mich die höhere Schule besuchen lassen und warst stolz darauf, dass ich all die Auszeichnungen bekam.

Nun ist es zur Umkehr zu spät. Ich ersticke in unserer kleinen Stadt, wo einem Jungen wie mir nicht die geringste Zukunft offensteht.

Als ich bei Larue & Georget eine Stellung bekam, hast Du geglaubt, dass mein Leben gesichert sei, und es hat mir wehgetan zu sehen, wie Du Dich freutest.

»Nun bist du untergebracht«, sagtest Du.

Aber weißt Du, ich hatte mir damals schon ein anderes Leben ausgemalt. Als ich kleine Artikel für die Zeitung schreiben durfte, hast Du sie stolz den Nachbarn gezeigt, und als schließlich eine Pariser Zeitung, deren Chefredakteur nicht wusste, wie jung ich noch war, mich zu ihrem Korrespondenten in Les Sables ernannte, konntest Du kaum an Dich halten vor Freude.

Du sahst mich schon in unserer Stadt verheiratet. Du sahst mich eines Tages ein kleines rosarotes Haus in einem der neuen Viertel kaufen.

Das alles tut mir heute so weh, dass ich kaum mehr die Worte finde, um Dir zu sagen, was ich beschlossen habe.

In wenigen Stunden, meine arme Maman, werde ich fort sein. Ich habe nicht den Mut aufgebracht, *mit Dir darüber zu sprechen, und auch nicht mit Vater. Er, denke ich, wird es sofort begreifen, denn bevor er seinen Arm verlor, hatte auch er ehrgeizige Pläne.*

Heute Abend werde ich den Zug nach Paris nehmen. Dank meiner Beziehungen durch die Zeitung habe ich dort eine Stellung gefunden, die noch bescheiden ist, aber mit der ich den Fuß im Steigbügel habe. Ich habe niemandem ein Wort davon gesagt, auch meinen Arbeitgebern nicht. Aber Du brauchst Dir keine Sorgen zu machen. Ich hinterlasse alles in rechter Ordnung.

Allein Lucile weiß Bescheid, weil ich einen Menschen brauchte, dem ich mich anvertrauen konnte. Sie ist ein gutes Mädchen, und Du kannst Dich auf sie verlassen. Sie hat Euch beide sehr lieb, und ich hoffe, dass sie Euch helfen wird, allmählich zu verwinden, dass ich nicht mehr bei Euch bin.

Wenigstens wollte ich Dich noch einmal fest umarmen, bevor ich fortgehe. Ich habe es getan, und Du wirst Dich gefragt haben, warum ich Dich so lange an mich gedrückt hielt.

Wenn wir uns voneinander verabschiedet hätten, hätte ich den Mut verloren.

Ich hoffe, dass meine Stellung mir sehr bald erlauben wird, Euch zu unterstützen. Ich bitte Dich, mir nicht böse zu sein, wenn ich in der ersten Zeit nichts schicke.

Ich bin in wenigen Monaten viel älter geworden. Ihr habt es nicht bemerkt. Eltern betrachten ihre Söhne immer als Kinder, selbst dann, wenn sie längst erwachsen sind.

Ich bin nun erwachsen. Ich werde mir Mühe geben, bitte sag es Vater, mich wie ein Mann zu verhalten. Und wenn ich Euch eines Tages Kummer bereiten sollte, denk bitte daran, dass es nicht meine Schuld sein wird. Das Leben wird dann eben stärker gewesen sein als ich.

Ich werde Euch schreiben, sobald ich Neues zu berichten habe. Ich werde Dir eine Adresse mitteilen, an die Du mir schreiben kannst. Dieser Brief wird Dich morgen früh erreichen, und bis dahin wirst Du Dir keine Sorgen machen, da ich Dir gesagt habe, dass ich die ganze Nacht im Betrieb arbeite. Ich werde ihn heute Abend am Bahnhof einwerfen, bevor ich in den Zug steige. Meine Fahrkarte habe ich schon.

Ich werde mein Glück versuchen, Maman, wie so viele andere es vor mir getan haben und noch immer tagtäglich tun. Ich habe Dich bisweilen sagen hören, dass diejenigen, die auf diese Weise fortgehen, nicht viel taugen. Glaub mir, wenn ich Dir sage, dass sie die Besten sind.

Wünsch mir Glück, trotz allem. Und bete ab und zu für Deinen Sohn, der seinem Schicksal folgt.

Lass Vater ausschlafen, bevor Du ihm die Nach-

richt bringst. Ich weiß, dass Du schwächer bist als er und dass Du immer krank warst, aber seit mehreren Monaten habe ich ihn in Verdacht, Herzbeschwerden zu haben, von denen er uns nichts sagen will.

Lucile bleibt bei Euch.

Umarme sie auch für mich. Seid alle drei glücklich, so wie ich versuche, ebenfalls glücklich zu sein, und wenn wir uns wiedersehen, will ich hoffen, dass Ihr Anlass haben werdet, stolz auf mich zu sein.

Leb wohl, liebste Maman.

Dein Sohn Émile

Maigret nahm die Ansichtskarte zur Hand, die die Place de la Concorde zeigte. Auf der Rückseite standen nur ein paar Worte in einer unruhigen Handschrift.

Gut angekommen. Du kannst mir postlagernd schreiben, Paris 26. Ich umarme Euch drei. Émile

Soweit Maigret sich erinnern konnte, befand sich das Postamt 26 im Faubourg Saint-Denis in der Nähe der Grands Boulevards.

»Hat man ihm ein Telegramm geschickt?«, fragte er.

»Erst am Mittag.«

»Hat er schon geantwortet?«

»Glauben Sie denn, dass er das Telegramm schon erhalten hat? Es wäre ein großer Trost, wenn er kommen würde …«

Sie tat einen Seufzer und blickte auf den Mann mit dem leeren Ärmel, der wieder tief schlief und dessen Atem seinen ergrauenden Schnurrbart erzittern ließ.

»Bleiben Sie heute Nacht bei ihnen?«

»Sie können beruhigt sein. Ich habe meinen Neffen zu mir nach Hause geschickt, um meine Sachen zu holen.«

Sie würde sich nicht hinlegen, denn sie würde sich nicht trauen, in dem Zimmer zu schlafen, in dem Lucile erdrosselt worden war. Sie würde sich um Madame Duffieux kümmern. Würde der Mann wie in jeder anderen Nacht auf die Werft gehen?

Maigret zog es vor, keine Fragen mehr zu stellen, faltete langsam den Brief zusammen und legte ihn wieder an seinen Platz. Er hätte ihn gern mitgenommen, aber er wusste, dass man es ihm nicht erlauben würde.

Im Schlafzimmer begann Madame Duffieux wie ein Kind zu wimmern, und die dicke Frau erhob sich mühsam.

»Verzeihen Sie mir«, flüsterte Maigret. »Ich musste einfach kommen …«

Sie bedeutete ihm zu schweigen, und während er hinausging, begab sie sich auf Zehenspitzen in das Zimmer der Kranken.

In der Ecke stand ein Klavier, auf dem Tisch aus Eichenholz lag eine bestickte Decke, und an den Wänden hingen Fotografien von Kindern in Reih und Glied: die alljährlich aufgenommenen Klassenbilder von Madame Jadins Schülerinnen.

»Einer Ihrer Kollegen war schon hier, um mir Fragen zu stellen, Herr Kommissar, ein Großer mit einer Narbe ...«

Piéchaud. Der verstand sein Geschäft.

»Es gibt tatsächlich eine Lotterie für den Schulfonds. Die Schülerinnen übernehmen den Verkauf der Scheine. Wir erlauben ihnen, bei den Ladenbesitzern vorzusprechen und bei ihren Bekannten. Unsere Lucile hatte ihre Heftchen mitgenommen wie alle anderen auch. Am Montag früh sollten die Kinder die unverkauften Scheine und die Kontrollabschnitte zurückbringen ...«

»Hatte nicht jede Schülerin ein bestimmtes Viertel oder eine bestimmte Straße?«

»Sie konnten gehen, wohin sie wollten.«

»Erzählen Sie mir bitte von Lucile ...«

Madame Jadin war klein und hatte schwarzes Haar. In der Schule setzte sie sicherlich ein strenges Gesicht auf, weil es sich so gehörte, aber in ihrem Blick lag eine große Güte.

»Ihr Inspektor hat mir Fragen gestellt, die mich, ich muss es gestehen, ein wenig entrüstet haben, und er wird Ihnen wahrscheinlich berichten, dass ich ihn ziemlich unhöflich empfangen habe. Sie scheinen mir da mehr Verständnis zu haben. Er wollte unbedingt wissen, ob Lucile mit Jungen verkehrte, ob sie schon sexuelle Erfahrungen hatte. Bedenken Sie, sie war noch nicht einmal vierzehn! Man hielt sie für älter, weil sie groß und ernsthaft war, vielleicht sogar etwas zu ernsthaft für ihr Alter ... Ich will nicht leugnen, dass sich einige frühreife Mädchen mit Jungen treffen, besonders im Winter, wenn es dunkel ist in den Straßen, und einige von ihnen sind sogar auf Männer aus, aber das sind Ausnahmen ...«

»War Lucile brav?«

»Ich nannte sie immer Mütterchen, weil sie sich in den Pausen, statt mit den Großen zu spielen, lieber mit den Knirpsen aus dem Kindergarten abgab ... Ich habe einmal mit angehört, wie sie zu einer ihrer Freundinnen, die einen kleinen Bruder bekommen hatte, mit schwerem Herzen sagte: ›Ich glaube, meine Mutter kann keine Kinder mehr bekommen ...‹

Mehr Mädchen, als man annimmt, Herr Kommissar, vor allem unter den Ärmsten, sind mit vierzehn Jahren schon richtige Frauen ...«

»Ich nehme an, dass Sie sie in letzter Zeit nicht gesehen haben, wegen der Ferien?«

»Doch, doch, ich habe sie mehrmals gesehen. Damit sich die Kinder im Sommer nicht auf der Straße herumtreiben, veranstalten wir für all diejenigen, die uns die Eltern anvertrauen, Spiele und gehen gemeinsam zum Strand oder in den Wald.«

»Schien Ihnen Lucile verändert?«

»Ich habe bemerkt, dass sie unruhig war, und habe sie nach dem Grund gefragt. Ich weiß nicht, ob es in den Knabenklassen auch so ist, aber bei uns hat jede einen Liebling, und Lucile war ein wenig mein Liebling ... In den Unterrichtspausen oder während der Ferien im Wald ließ sie oft ihre Freundinnen zurück, um sich ein wenig mit mir zu unterhalten ...

Ich erinnere mich, sie gefragt zu haben, ob ihr Bruder tatsächlich fortgegangen sei ...«

»Das muss vor wenigen Tagen gewesen sein?«

»Ja, vor drei Tagen ... Ich hatte es von anderen Kindern erfahren ... Statt mir aufrichtig zu antworten, wie sie es sonst tat, mit festem Blick, hat sie den Kopf abgewandt und nur ein knappes Ja hervorgebracht.

›Deine Mutter ist gewiss sehr traurig?‹

›Ich weiß nicht.‹

›Hat sie schon eine Nachricht bekommen?‹

›Ich weiß nicht.‹

Ich habe nicht weiter in sie dringen wollen, weil ich spürte, dass sie sich in sich verschloss.

Mehr kann ich Ihnen nicht sagen, Herr Kommissar ...«

»Geben Sie Klavierunterricht?«

»Ich gebe einige Privatstunden.«

»Hat Lucile Unterricht bei Ihnen genommen?«

Madame Jadin schüttelte etwas verlegen den Kopf. Es sollte wohl bedeuten, dass die Eltern ihrer Tochter keinen solchen Luxus bieten konnten.

Als Maigret die Rue Saint-Charles erreichte, in der sich die Druckerei Larue & Georget befand, verließen die Arbeiter gerade den Betrieb. Er ging über den gepflasterten Hof, um einen Lastwagen herum und stieß eine Glastür auf, über der das Wort *Büro* stand.

Eine Sekretärin war im Begriff, ihren Hut aufzusetzen.

»Ist Monsieur Larue zu sprechen?«, fragte er.

»Monsieur Larue ist vor zwei Monaten gestorben.«

»Entschuldigen Sie bitte. Könnte ich dann Monsieur Georget sprechen?«

Dieser war im Nebenzimmer und schien ihn gehört zu haben, denn er rief mit lauter Stimme:

»Führen Sie den Besuch herein, Mademoiselle Berthe.«

Er war ein kleiner Mann, der ihn ohne Aufhebens empfing, während er die Korrekturabzüge für seine Zeitung *L'Écho des Sables* durchsah. Die nur vierseitige Zeitung erschien einmal wöchentlich und enthielt vor allem Lokalnachrichten und

Anzeigen, insbesondere Bekanntmachungen der Notare.

»Setzen Sie sich, Herr Kommissar. Bitte wundern Sie sich nicht, dass ich Sie kenne. Ich bin ein alter Freund von Kommissar Mansuy. Er hat mir bereits von Ihnen erzählt. Außerdem sehe ich Sie jeden Morgen auf der Straße vorübergehen. Ich habe mir schon gedacht, dass Sie mich aufsuchen werden.«

Wie Maigret erwartet hatte, fügte er hinzu:

»Einer Ihrer Kollegen war vorhin hier, er heißt … Augenblick …«

»Boivert.«

»Genau! Nun ja, ich hatte ihm nicht viel zu erzählen. Stimmt es, dass Sie Ihrerseits ermitteln?«

»Hat Boivert Ihnen das gesagt?«

»Keineswegs! Das wird in der Stadt erzählt … Übrigens, ich war heute Morgen bei der Beerdigung. Doktor Bellamy gehört zu meinen Kunden … Mindestens zwei Leute haben mir erzählt, Sie hätten Ihre eigene Ansicht, was den Fall betrifft, die Beamten aus Poitiers seien nicht Ihrer Meinung und Sie hielten noch eine Überraschung für uns bereit.«

»Es wird viel zu viel geredet«, murmelte Maigret ungeduldig.

»Wollen Sie von mir erfahren, was ich über Émile Duffieux weiß?«

Maigret nickte, schien jedoch nur halb zuzuhören.

»Er ist der zweite Junge dieser Art, den ich in die

Finger bekommen und, wenn ich mir das Wort erlauben darf, geschliffen habe … Leider auch der zweite, der mir durchgebrannt ist … Übrigens nehme ich es ihnen nicht übel … Der erste ist heute Journalist in Rennes, und ich lese seine Artikel jeden Morgen im *Ouest-Éclair* … Was Émile betrifft … Früher oder später werden wir ja sehen, was aus ihm geworden ist, nicht wahr?«

»Hoffentlich.«

Maigrets Stimme klang so ernst, dass Monsieur Georget zusammenfuhr.

»Jedenfalls, Kommissar, ist er ein anständiger Junge. Seine einzige Schwäche ist vielleicht ein gewisses Misstrauen … Das Wort ist nicht ganz richtig. Er neigt dazu, sich zu verschließen … Man könnte meinen, er befürchte immerzu, belächelt, angefahren oder von oben herab behandelt zu werden. Die Armut seiner Familie bedrückt ihn, und trotzdem schämt er sich nicht dafür … Wenn man ihn nach dem Beruf seines Vaters fragt, antwortet er ohne Umschweife: ›Nachtwächter.‹

Und es kommt ihm gar nicht in den Sinn zu betonen, dass Duffieux diese Stellung erst angenommen hat, nachdem ihm der rechte Arm amputiert worden ist …

Ich weiß nicht, ob Sie mich richtig verstehen … Er will sich um jeden Preis durchsetzen … Und dafür wird er hart arbeiten. Er hat tonnenweise Bücher gelesen, und zwar querbeet … Immer wieder durchlebt er Phasen der Verunsicherung, auf die solche von großem Selbstbewusstsein folgen …«

»Und die Frauen?«, fragte Maigret.

Der Drucker deutete auf das Nebenzimmer.

»Ist sie fortgegangen?«, fragte er leise, womit er auf die Sekretärin anspielte.

Um sicherzugehen, sah er selbst nach.

»Sie haben sie gesehen, Mademoiselle Berthe ist hübsch und begehrenswert. Alle meine Angestellten haben ihr den Hof gemacht. Aber sie ist in Émile Duffieux verliebt. Sie wird fuchsteufelswild, wenn jemand den Fehler begeht, in ihrer Gegenwart ein schlechtes Wort über ihn zu verlieren. Sie hat alles versucht, um seine Aufmerksamkeit auf sich zu lenken. Sie ist eitel geworden, hatte alle paar Tage ein neues Kleid an. Ich möchte wissen, ob er es überhaupt bemerkt hat. Er hat sich ein Ziel gesetzt. Ich hatte immer erwartet, dass er nach Nantes oder Bordeaux gehen würde, wie die meisten von unseren ehrgeizigen jungen Leuten. Aber er ist schnurstracks nach Paris gegangen.«

»Hat er Ihnen gesagt, dass er fortwollte?«

»Nein, er hat mir einen Brief geschrieben.«

»Den Sie am Tag nach seiner Abreise erhalten haben?«

»Ja … Wie seine Eltern … Als hätte er Angst gehabt, dass ihm jemand im letzten Augenblick einen

Knüppel zwischen die Beine wirft. Ich brauche nicht hinzuzufügen, dass er alle seine Rechnungen beglichen hat. Wenn Sie den Brief lesen möchten …«

Maigret überflog ihn nur. Émile entschuldigte sich in freundlichem Ton und bedankte sich höflich für alles, was sein Chef für ihn getan hatte.

»Hat seine Schwester ihn im Büro besucht?«

»Ich kann mich nicht entsinnen … Übrigens hielt sich Duffieux selten im Büro auf. Wenigstens in letzter Zeit. Er beschäftigte sich vor allem mit der Zeitung, kümmerte sich um die Nachrichten ebenso wie um die Anzeigen, denn in einem kleinen Unternehmen wie diesem muss man überall Hand anlegen.«

»Ich würde gern so genau wie möglich wissen, wie seine Arbeitstage aussahen.«

»Er kam gegen neun Uhr, manchmal früher. Er war sehr fleißig … Meistens blieb er bis halb elf im Büro und ging dann zum Kommissariat, um sich nach den neuesten Ereignissen zu erkundigen. Anschließend zum Rathaus und zur Unterpräfektur. Manchmal kam er kurz vor zwölf zurück, manchmal erst nach dem Mittagessen. Nachmittags schrieb er seine Artikel, ging in die Druckerei, kümmerte sich um den Umbruch … Er erledigte auch einige Besorgungen, rief Notare an, die Makler, die Kinobesitzer, deren Plakate wir drucken …

Ich schildere Ihnen einen gewöhnlichen Arbeitstag ... Freitags, wenn die Zeitung herauskommt, blieb er oft bis neun Uhr abends mit mir im Büro ...«

Das Leben eines kleinen Provinzreporters.

»Alles in allem«, fasste Maigret zusammen, »war er also hauptsächlich vormittags unterwegs. Wissen Sie, ob er private Anrufe bekam?«

»Kommt drauf an, was Sie unter privat verstehen. Ich wusste, dass er Korrespondent einer Pariser Zeitung war. Er hatte mich um Erlaubnis gebeten, die Stellung anzunehmen. Das beanspruchte ihn nicht sehr, da er lediglich die Informationen weitergab, die uns bereits vorlagen ... Ich hatte ihm gestattet, einen unserer Apparate zu benutzen, und er schrieb seine Telefongespräche auf, die der Buchhalter ihm jeden Monat vom Gehalt abzog ... Dass er zum Beispiel mit einem Freund telefonierte, habe ich nie bemerkt ...«

»Ich danke Ihnen.«

»Hat man ihn in Paris noch nicht erreichen können?«

»Er hat seinen Eltern nur eine Postlageradresse angegeben.«

»Das kann natürlich ein bis zwei Tage dauern.«

Der Drucker hatte Maigret, ohne es zu ahnen, auf einen Gedanken gebracht. Kaum war er zurück im Hotel, rief er die Pariser Kriminalpolizei an.

»Hallo? Ist dort Lucas? ... Wer ist am Apparat? Torrence? Hier Maigret ... Ja, immer noch im Ur-

laub … Wie? … Ob das Wetter schön ist? … Keine
Ahnung. Ich sehe nach … Die Sonne scheint nicht,
aber es regnet auch nicht … Ist Janvier noch im
Büro? Verbinde mich mit ihm … Ja, danke … Hallo,
bist du es, Janvier? … Nicht viel zu tun? … Der alte
Trott? … Gut. Kannst du etwas für mich erledigen? … Ich möchte, dass du zum Postamt 26 gehst.
Das ist doch im Faubourg Saint-Denis? … Ja, ich
kenne es … Frag nach, ob dort Briefe für Émile
Duffieux liegen … Ja, schreib es dir auf … Émile
Duffieux … Nein, mit zwei f. F wie Ferdinand …
Warte mal! Vor allem möchte ich wissen, ob er schon
dort gewesen ist, um seine Briefe zu holen … Ja,
und wann … Wenn er noch nicht dort war, bitte den
Beamten, dich anzurufen, sobald er kommt. Er soll
ihn unter irgendeinem Vorwand ein paar Minuten
hinhalten, und du springst dann gleich in ein Taxi …

Dass du dir keinen Schnitzer erlaubst. Frag ihn
einfach nach seiner Adresse … Geh ihm notfalls
nach …

Warte, bleib dran … Dann gehst du runter zur
Fremdenpolizei … Schau die Anmeldungen der
letzten Tage durch. Besonders die vom 31. Juli und
1. August … Und such nach demselben Namen …

Das ist alles … Nein, nichts Wichtiges, rein privat.
Danke, mein Lieber … Ganz genau … Es geht ihr
besser, ja … Und grüß mir Marie-France …«

»Die Herren sitzen schon bei Tisch«, flüsterte

Monsieur Léonard, der mit einer Flasche in der Hand hinter dem Kommissar stand.

»Sollen sie sitzen.«

»Sie werden doch ein …«

Sei's drum. Es war besser, sich zu ergeben, um dem braven Mann keinen Kummer zu bereiten.

»Ich habe für sie zwei Zimmer ausfindig gemacht, in verschiedenen Hotels. Sie sind nicht zufrieden … Kann ich etwas dafür? Auf Ihr Wohl!«

»Auf Ihr Wohl, Monsieur Léonard …«

»Glauben Sie, dass man den Schurken fassen wird, der die Kleine erdrosselt hat?«

Es war acht Uhr abends. Man hatte bereits Licht gemacht. Die beiden Männer waren im hinteren Raum, zwischen der Küche und dem Saal. Die Kellnerinnen gingen unablässig mit ihren Tabletts an ihnen vorbei.

Waren es Monsieur Léonards Worte, die Maigret plötzlich zu denken gaben? Er runzelte die Stirn.

»Essen Sie nicht?«

»Jetzt nicht …«

Er war kurz davor, auf sein Zimmer zu gehen und etwas zu tun, was er nur selten und in besonders schwierigen Fällen tat.

Er erinnerte sich an die Angst, die ihn am Abend zuvor überfallen hatte, als er vergeblich herauszufinden versucht hatte, wer das Mädchen auf der Treppe im Haus des Doktors war. Die Leute, die er fragte, hatten ihn verwundert angesehen, selbst Mansuy, und auch die Polizisten auf der Wache. Und dennoch, wenn er rechtzeitig ihren Namen und ihre Adresse erfahren hätte, wäre Lucile jetzt noch am Leben.

Vielleicht war er auf dem Holzweg. Sollte er aber recht haben, würden auch andere Leute in Gefahr sein, besonders er selbst.

Eben deshalb wäre er beinahe auf sein Zimmer gegangen und hätte seinen Verdacht schriftlich niedergelegt.

»Gehen Sie fort?«

»Nur für eine Stunde. Heben Sie mir etwas zu essen auf …«

Er würde seinen Bericht später schreiben, in Ruhe, vor dem Einschlafen. Nun schlug er den Weg zum Bahnhof ein. Hatte Émile Duffieux in dem Brief an seine Mutter nicht geschrieben, er habe seine Fahrkarte im Voraus gelöst?

Die schlecht beleuchtete Halle war beinahe verlassen. Auf den Gleisen stand nur ein Vorortzug mit alten Waggons. Der Mann hinter dem Schalter trug die Dienstmütze des stellvertretenden Bahnhofsvorstehers.

»Guten Abend, Herr Kommissar.«

Es kannten ihn eindeutig zu viele Leute!

»Ich hätte gern eine Auskunft von Ihnen. Kennen Sie den jungen Duffieux?«

»Monsieur Émile? Natürlich kenne ich ihn ... Jedes Mal, wenn ein hohes Tier hier eintraf, war er als Reporter zur Stelle ... Ich ließ ihn dann immer auf den Bahnsteig ...«

»Dann können Sie mir vielleicht sagen, ob er Ende vorigen Monats eine Fahrkarte nach Paris gelöst hat.«

»Ich kann Ihnen die Frage umso besser beantworten, als ich ihm die Fahrkarten selbst verkauft habe.«

Die Mehrzahl fiel Maigret sofort auf.

»Sie haben ihm mehrere Fahrkarten verkauft?«

»Zwei, zweiter Klasse ...«

»Rückfahrkarten?«

»Nein, einfache ...«

»Um wie viel Uhr hat er sie abgeholt?«

»Vormittags, kurz vor zwölf ... Er wollte den letzten Zug nehmen, um 22.52 Uhr.«

»Wissen Sie, ob er mit diesem Zug gefahren ist?«

»Ich nehme es an ... In wenigen Minuten ist meine Schicht vorbei. Dann tritt der andere Bahnhofsvorsteher seinen Dienst an ...«

»Ist er da?«

»Normalerweise schon ... Kommen Sie mit ins Büro ...«

Sie gingen über den Bahnsteig und betraten das Büro, in dem der Telegraf tickte.

»Hör mal, Alfred ... Das ist Kommissar Maigret, du hast sicher schon von ihm gehört ...«

»Sehr erfreut …«

»Er möchte wissen, ob der junge Duffieux irgendwann Ende Juli den 163er genommen hat … Ich habe ihm am Vormittag zwei einfache Fahrkarten zweiter Klasse nach Paris verkauft … Er wollte um 22.52 Uhr fahren …«

»Ich erinnere mich nicht …«

»Glauben Sie, dass Sie ihn gesehen hätten, wenn er diesen Zug genommen hätte?«

»Ich kann es nicht beschwören … Manchmal wird man im letzten Augenblick ans Telefon gerufen oder zum Gepäckwagen … Es würde mich jedoch wundern, wenn ich ihn nicht bemerkt hätte …«

»Ist es möglich zu erfahren, ob die Fahrkarten benutzt worden sind?«

»Im Prinzip ja … Man muss nur in Paris nachfragen. Die Reisenden müssen, wie Sie wissen, am Ausgang die Fahrkarten abgeben …

Es kommt aber vor, dass sie unterwegs aussteigen oder es im Gedränge auf dem Bahnsteig vergessen … Das geschieht allerdings nur selten. Es ist gegen die Vorschriften … Trotzdem muss man die Möglichkeit in Betracht ziehen.«

Er überlegte einen Augenblick, murmelte dann:

»Irgendetwas ist da merkwürdig …«

Er sah seinen Kollegen an, als müsste es ihm auch aufgefallen sein.

»Émile Duffieux ist öfter mit dem Zug nach

Nantes, La Roche oder La Rochelle gefahren. Jedes Mal hatte er eine Freikarte …«

Maigret erklärte er:

»Die Journalisten haben Anspruch auf Freikarten erster Klasse. Sie brauchen sie nur bei ihrer Zeitung zu beantragen. Es hätte sich bei so einer langen Strecke umso mehr gelohnt … Ich frage mich, warum er die Fahrt zweiter Klasse aus eigener Tasche bezahlt hat, wo er doch kostenlos in der ersten hätte fahren können …«

»Er war nicht allein«, bemerkte Maigret.

»Natürlich. Vermutlich ist eine Frau mitgefahren … Wissen Sie, aber selbst dann sind die Herren von der Presse nicht besonders sparsam …«

Maigret stand wieder auf der Straße und kam kurz darauf an Popines Geschäft vorbei, dessen Läden geschlossen waren. Unter der Tür sah er Licht. Es war zu früh. Francis war sicherlich noch damit beschäftigt, beim Doktor das Abendessen zu servieren.

Er setzte seinen Weg durch die schmalen, spärlich beleuchteten Straßen fort, und ein paarmal fuhr er zusammen, als er Schritte hinter sich hörte.

Wenn er recht behalten sollte, wenn die Ereignisse sich so zugetragen hatten, wie er sie sich allmählich rekonstruiert hatte, ungeachtet der Leerstellen und Lücken, musste man dann nicht darauf gefasst sein, dass es neben Lili Godreau und der kleinen Lucile weitere Opfer, zumindest eines, geben würde?

Er machte kehrt und betrat das Hôtel de Vendée.

»Ist Madame Godreau noch anwesend?«, fragte er die Besitzerin, die in schwarzer Seide mit einer großen Kamee an der Bluse im Büro saß.

»Darf ich Sie darauf hinweisen, Herr Kommissar ...«

Es brachte ihn in Rage, dass man ihn überall erkannte.

»Darf ich Sie darauf hinweisen, dass sie nicht mehr Madame Godreau heißt, sondern Madame Esteva ... Sie ist mit Monsieur Esteva mit dem Zug um halb sechs abgereist.«

»Ich nehme an«, fügte er mürrisch hinzu, denn er kannte die Antwort im Voraus, »dass ihr Schwiegersohn sie gestern Abend hier aufgesucht hat?«

»Richtig ... Sie waren sogar die letzten Gäste im kleinen Salon ...«

»War Monsieur Esteva auch dabei?«

»Ich glaube, ohne es beschwören zu können, dass Monsieur Esteva als Erster hinaufgegangen ist.«

»Ich danke Ihnen.«

So bedankte er sich den lieben langen Tag, von morgens bis abends.

Mindestens ein Mensch war in Gefahr, es sei denn, er hätte sich vollkommen geirrt.

Leider wusste er von diesem Menschen nichts, nicht einmal, ob es ein Mann oder eine Frau war, er kannte weder Alter noch Beruf.

Er wusste nur, dass er in der Stadt lebte, vermutlich im Zentrum, innerhalb eines Gebiets, das er auf dem Stadtplan annähernd präzise hätte abstecken können.

Es war unmöglich, an diesem Abend weiter nachzuforschen. Er musste den nächsten Tag abwarten, wenn die Läden, die Cafés und Bistros wieder geöffnet waren.

Dann würde er die Fährte aufnehmen, mit seiner fixen Idee als einzigem Leitfaden, und bei jeder Gelegenheit sein ewiges »Ich danke Ihnen …« aufsagen.

Vorausgesetzt, dass noch Zeit dafür wäre!

Die beiden Inspektoren waren mit dem Abendessen fertig. Sie rauchten ihre Zigarette und tranken einen Cognac, als sich der Kommissar in dem fast leeren Speisesaal zu ihnen setzte.

»Nun, Chef?«

Und er, mit einem schalen Geschmack auf der Zunge wie nach einer langen Zugfahrt, brummte mürrischer denn je:

»Verflucht!«

8

Gegen elf stieß Maigret die vielleicht hundertste Tür an diesem Vormittag auf. Ein Lederwarengeschäft. Er hatte bereits um acht an einem Ende der Stadt begonnen, als die größeren und eleganten Geschäfte noch geschlossen waren. Zunächst hatte er jene Läden aufgesucht, in denen nur Frauen aus der Nachbarschaft einkauften. Von draußen sah man seine hünenhafte Gestalt, wie er mit dem Kopf beinahe an die Besen oder Schwämme stieß, die von der Decke baumelten. Missmutig musterte er die haubenlosen Klatschbasen und wartete, bis er an die Reihe kam. Auch konnte man von draußen, spätestens nach dem fünften Mal, auf seinen Lippen lesen, dass er immerzu dieselben Worte aussprach.

Mit dem Unterschied, dass er zu Beginn noch geglaubt hatte, etwas kaufen zu müssen. In den Bistros war es leichter: Er trank einen Weißwein. In einem Lebensmittelgeschäft hatte er ein Tütchen Pfeffer gekauft, weil er dachte, er würde noch zahlreiche weitere Geschäfte aufsuchen, sich aber nicht mit ebenso zahlreichen, womöglich schweren Paketen beladen können.

In einem Kurzwarenladen mit staubigen Glasscheiben hatte ihn ein altjüngferliches Fräulein schief angesehen. Sie roch fürchterlich nach Mottenkugeln, und an ihrem Kinn wuchsen lange Haare. Maigret kaufte eine Rolle Garn.

»Kennen Sie Madame Bellamy?«, sagte er seinen Satz auf.

»Die alte oder die junge?«

»Die junge.«

»Ich kenne sie wie jeder andere auch.«

»Sehen Sie sie manchmal auf der Straße vorbeigehen?«

Unermüdlich stellte er die ewig gleichen Fragen.

»Wissen Sie, Monsieur, ich habe so viel zu tun, dass ich mich nicht um das kümmern kann, was auf der Straße geschieht. Und wenn ich Ihnen einen guten Rat geben darf, dann machen Sie es so wie ich.«

Wer zunächst annahm, er spreche von der alten Madame Bellamy, machte gleich ein langes Gesicht. Popine hatte recht, die alte Dame mit dem Stock war bei den Geschäftsleuten der Stadt wenig beliebt.

Also fragte er schließlich, um es möglichst kurz zu halten:

»Kennen Sie die Frau von Doktor Bellamy?«

Außerdem hatte er es aufgegeben, etwas zu kaufen. Wenn die Leute ihn nicht schon vom Sehen kannten, hielten sie ihn ohnehin für einen Polizeibeamten.

Er hatte im Norden der Stadt begonnen, also im Hafenviertel, und war durch jene Straßen gegangen, die Madame Bellamy hätte benutzen müssen, um zum Beispiel in die Gegend um den Fischmarkt zu gelangen.

»Sicher kenne ich sie. Früher habe ich sie oft gesehen. Eine ausgesprochen schöne Frau. Ab und zu fährt sie mit ihrem Mann im Wagen vorüber ...«

»Sie kommt aber nicht mehr zu Fuß vorbei?«

Männer wandten sich an ihre Frauen, Frauen an ihre Männer:

»Hast du sie noch mal gesehen?«

Sie schüttelten den Kopf. Odette Bellamy verkehrte weder in diesem Viertel noch in dem von Notre-Dame und ebenso wenig im Zentrum der Stadt.

»Verzeihen Sie, kennen Sie die Frau von Doktor Bellamy?«

Er fragte nicht nur die Ladenbesitzer, sondern auch die Frauen auf der Straße und sogar einen alten Invaliden, der sicherlich den ganzen Tag am offenen Fenster verbrachte.

Es war eine stumpfsinnige Arbeit, geradezu widerwärtig, und er schämte sich ein wenig dafür. Er konnte sich leicht ausrechnen, was hinter seinem Rücken geredet wurde.

Um zehn Uhr hatte er den größten Teil der Gegend um Bellamys Haus abgeklappert. Wenn Odette

Bellamy überhaupt zu Fuß ausging, dann, so wusste er nun, nur den Remblai entlang.

Er kehrte zurück zur Promenade. Dort waren die besten Geschäfte der Stadt.

»Entschuldigen Sie, Madame, kennen Sie ...«

Und endlich wurde er für seine Mühe belohnt. Es begann in der Konditorei, nahe dem großen weißen Haus.

»Sie geht nicht oft aus, seit sie verheiratet ist. Aber am Morgen sehe ich sie gelegentlich ...«

Die brave Frau, rundlich weich mit rosiger Haut, konnte nicht ahnen, wie sehr ihre Worte Maigrets Herz erfreuten.

»Vielleicht, um ihren Hund spazieren zu führen?«

»Hat sie einen Hund? Ich habe noch nie einen gesehen. Würd mich wundern, wenn es im Haus des Doktors Hunde gäbe.«

»Warum?«

»Ich weiß nicht. Mir scheint, es passt nicht zu ihm. Nein, ich nehme an, dass sie einkaufen geht. Meistens trägt sie ein Kostüm. Sie geht ziemlich schnell ...«

»Wann kommt sie denn vorbei?«

»Ach, wissen Sie, nicht jeden Tag. Ich kann nicht mal sagen, ob sie oft vorbeikommt ... Ich sehe sie meistens, wenn ich die neue Ware ins Schaufenster stelle ... Gegen zehn ... Und manchmal, wenn sie zurückkommt.«

»Ist das viel später?«

»Vielleicht eine Stunde später ... Ich möchte es nicht beschwören ... Wissen Sie, es kommen so viele Leute vorbei ...«

»Sie sehen sie aber mehrere Male im Monat?«

»Ich weiß nicht ... Ich will nichts Falsches sagen ... Sagen wir, einmal in der Woche ... Ab und zu zweimal ...«

»Ich danke Ihnen.«

Auch diese drei Wörter hatte er seit dem frühen Morgen zur Genüge wiederholt, selbst bei der bärtigen Kurzwarenhändlerin, die ihn zurechtgewiesen hatte.

Nachdem er die Auskunft in der Konditorei erhalten hatte, verfolgte er die Fährte. Es dauerte bisweilen lange und bedurfte einiger Geduld, um dem Gedächtnis der Leute nachzuhelfen.

»In welche Richtung ging sie?«

»Auf das Ende des Remblai zu.«

»Richtung Mole oder Richtung Wald?«

»Richtung Wald.«

Es blieben noch einige Lücken. Sooft er an eine Querstraße gelangte, musste er sie erkunden, um sicherzugehen, dass Madame Bellamy nicht dort einbog.

Die beiden Inspektoren Piéchaud und Boivert, die sich ausgeschlafen hatten, gingen frisch und rosig an ihm vorüber. Sie sahen ihn ein Friseurgeschäft betreten und nahmen sicherlich an, er wolle sich die Haare schneiden lassen. Von Weitem erkannte Maigret deutlich die Fenster des weißen Hauses. Warum nur hatte er den Eindruck, beobachtet zu werden?

Es war Freitag. Der Arzt hatte Sprechstunde und hätte sich von zehn bis zwölf im Nebengebäude hinten im Garten aufhalten müssen.

Allerdings hinderte ihn nichts daran, seine Patienten zu versetzen oder rasch abzufertigen, um ihn hinter den Jalousien der Bibliothek zu beobachten. Mit einem Fernglas konnte er die Wege des Kommissars ohne Weiteres verfolgen.

Ob er es tat?

»Entweder ich täusche mich oder ...«

Dieser Satz brummte Maigret seit dem Abend zuvor im Schädel, und er war sich durchweg einer Gefahr bewusst, die jedoch noch nicht ihm – jedenfalls nicht gleich –, sondern einem anderen Menschen drohte, den er nicht kannte. Das ging so weit, dass er in aller Frühe, nicht ohne Beklemmung, Kommissar Mansuy angerufen hatte.

»Hier Maigret ... Sagen Sie, haben Sie mir etwas zu melden? Einen Mord? ... Wird jemand vermisst?«

Mansuy hatte geglaubt, er nehme ihn auf den Arm.

»Ich möchte Sie um etwas bitten. Sie kennen die Ortsbehörden besser als ich ...«

Sooft er vom Hôtel Bel Air aus ein Telefonat

führte, konnte er sicher sein, dass Monsieur Léonard nicht weit war und ihm wie ein treuer Hund auflauerte.

»Émile Duffieux kam jeden Vormittag in Ihr Kommissariat, ging dann zum Rathaus und schließlich zur Unterpräfektur, um Informationen einzuholen ... Wie? ... Er hat mit Ihrem Sekretär gesprochen? ... Spielt keine Rolle ... Ich will auf etwas anderes hinaus ... Theoretisch hätte er um Viertel nach zehn, spätestens um halb elf bei Ihnen sein müssen. Sie können also ausrechnen, wann er, immer noch theoretisch, im Rathaus und in der Unterpräfektur eingetroffen sein muss ...«

»Ich kann es Ihnen gleich sagen ...«

»Warten Sie ... Sie haben nicht verstanden ... Ich habe gesagt und wiederhole: *theoretisch* ... Was ich wissen will, ist, ob er diese Zeiten eingehalten hat ... Oder ob er zum Beispiel an bestimmten Tagen oder hin und wieder seine Runde erst später machte.«

»Verstanden ...«

»Ich werde Sie anrufen oder nachher vorbeikommen, dann können Sie es mir sagen.«

»Wissen Sie etwas Neues?«

»Nein.«

Als etwas Neues konnte man den Anruf nicht bezeichnen, den Maigret von Janvier am späten Abend erhalten hatte. Émile Duffieux war noch nicht auf dem Postamt gewesen. Drei Briefe lagen für ihn bereit, alle mit dem Poststempel von Les Sables. Zwei davon wiesen dieselbe Handschrift auf.

»Die Schrift eines jungen Mädchens«, präzisierte Janvier. »Soll ich die Briefe an mich nehmen und Ihnen zusenden?«

»Lassen Sie sie bis auf Weiteres bei der Post liegen.«

»Er hat auch ein Telegramm bekommen.«

»Ich weiß. Danke.«

Das Telegramm, das den jungen Mann über den Tod seiner Schwester informierte.

Bevor er den Hörer auflegte, hätte Maigret dem Inspektor beinahe einen weiteren Auftrag erteilt. Doch diesen Auftrag, so schien es ihm, konnte er nur selbst ausführen. Allerdings war es ihm kaum möglich, gleichzeitig in Les Sables und in Paris zu sein. Ob er richtig lag, in Les Sables zu bleiben und dieser so obskuren wie mühsamen Fährte zu folgen, der er sich seit dem Erwachen widmete?

»Odette Bellamy? ... Aber natürlich, Herr Kommissar ...«

Einer mehr, der ihn erkannt hatte. Der Lederwarenhändler begegnete ihm mit derselben Vertrautheit, die einem Filmstar auf der Straße entgegengebracht wird.

»Germaine!«, rief er ins Hinterzimmer. »Kommissar Maigret ist hier ...«

Das Ehepaar war jung und sympathisch.

»Haben Sie eine Spur? … Stimmt es, was man erzählt?«

»Da müsste ich zuerst wissen, was man erzählt.«

»Dass Sie eine wichtige Persönlichkeit der Stadt verhaften wollen und dass der Untersuchungsrichter Sie daran hindert …«

So fand sich also doch ein Körnchen Wahrheit in all dem törichten Gerede.

»Das bestimmt nicht, Madame, Sie können beruhigt sein. Ich will niemanden verhaften.«

»Nicht einmal den Mörder der kleinen Duffieux?«

»Darum kümmern sich meine Kollegen. Ich möchte Ihnen nur eine Frage stellen. Kennen Sie die Frau von Doktor Bellamy?«

»Ich kenne Odette sehr gut.«

»Sind Sie mit ihr befreundet?«

»Wir waren es, vor allem vor ihrer Hochzeit … Seitdem sehen wir uns kaum noch …«

»Und eben das interessiert mich … Ob Sie sie nicht wenigstens ab und zu auf dem Remblai vorbeigehen sehen.«

»Ziemlich oft sogar …«

»Was meinen Sie mit ziemlich oft?«

»Ich weiß nicht … Ein-, zweimal die Woche … Es kommt vor, dass wir ein paar Worte wechseln, wenn ich gerade vor der Tür stehe.«

»Und wissen Sie, wohin sie geht?«

Die Frau war überrascht, wie jemand, der auf ein

sehr schwieriges Examen gefasst ist und dann nur eine banale Frage beantworten muss.

»Natürlich!«

»Weit von hier?«

»Gleich nebenan ... Ins Nachbarhaus ...«

»Und was tut sie da?«

»Das ist nicht schwer zu erraten ... Sie sind eben keine Frau, Herr Kommissar ... Im ersten Stock des Hauses unterhält eine Freundin von mir ein Schneideratelier und Wäschegeschäft ... Olga kleidet alle einigermaßen eleganten Frauen in Les Sables ein, außer diejenigen, die ihre Kleider aus Nantes oder Paris beziehen ... Aber selbst die lassen sich immer wieder eine Kleinigkeit anfertigen, auch wenn es nur Wäsche ist ...«

»Sind Sie sicher, dass Odette Bellamy nicht noch weiter geht?«

»Ich habe sie viele Male nebenan eintreten sehen ... Olga kann Ihnen sicher mehr dazu sagen ...«

»Ich danke Ihnen.«

Er ärgerte sich. Seine Vermutung traf zwar zu, die junge Frau ging tatsächlich ein-, zweimal die Woche allein aus, aber er hatte es nicht fertiggebracht, seinen Gedanken zu Ende zu denken.

Wenn er Kinder hätte, ein gewisser Polizist hatte ihn darauf hingewiesen, wäre ihm an jenem Abend die Lehrerin in den Sinn gekommen. Und wäre er eine Frau, hätte er gleich an die Schneiderin gedacht.

»Kann ich bei Ihnen telefonieren?«

Er wollte Mansuy anrufen.

»Ich glaube, Sie haben recht, Herr Kommissar ... Ich möchte nur wissen, wie Sie darauf gekommen sind ... Gewöhnlich ist der junge Duffieux immer zur gleichen Zeit im Kommissariat, im Rathaus und in der Unterpräfektur eingetroffen; er hat sich höchstens um fünf Minuten verspätet ... Aber hin und wieder ließ er sich erst zwei Stunden später sehen ... Ich habe versucht herauszufinden, ob das nur an bestimmten Tagen vorgekommen ist ... Leider konnte es mir keiner der Herren zuverlässig bestätigen ...«

»Ich danke Ihnen ...«

Immer dieselbe Leier. Er bedankte sich von früh bis spät. Also bedankte er sich auch noch einmal bei dem Ehepaar und ging hinüber ins Nachbarhaus. Es war ein schönes Haus mit mehreren Stockwerken, einem hellen, großzügigen Treppenhaus und breiten Flügeltüren aus poliertem Eichenholz.

Im ersten Stock links las er auf einem Messingschild:

OLGA
Haute Couture – Zierstickerei – Wäsche

Bevor er eintrat, klopfte er mechanisch seine Pfeife am Absatz aus. Eine völlig zerzauste kleine Person öffnete ihm die Tür.

»Sie wünschen, Monsieur?«

»Ich möchte Madame Olga sprechen.«

»Wen darf ich melden?«

»Niemanden.«

»Ich will nachsehen, ob Mademoiselle Olga da ist.«

Sie brauchte nicht weit zu gehen, trat hinter einen Vorhang und begann sogleich zu flüstern. Dann erschien eine große hagere Frau in dem perlgrauen Empfangszimmer, in dem Maigret stehen geblieben war.

»Monsieur …?«

»Maigret … Der Name tut nichts zur Sache. Mademoiselle Olga?«

»Ja.«

Sie hatte eine aufrechte Haltung, markante Gesichtszüge und trug ein leichtes Kostüm im Stil einer Geschäftsfrau, das sie äußerst gut kleidete.

»Wenn Sie mir in mein Büro folgen wollen …«

Es war winzig klein und roch nach Oregano und blondem Tabak. Sie bot ihm eine Zigarette an, die er reflexartig beinahe angenommen hätte.

»Eine Ihrer Kundinnen ist die Frau von Doktor Bellamy, nicht wahr?«

»So ist es. Odette ist mehr als eine Kundin. Sie ist eine Freundin.«

»Ich weiß.«

»So?«

»Sie kommt oft zu Ihnen, ein-, zweimal die Woche, oder?«

»Das ist möglich. Aber dürfte ich erfahren ...«

»Erlauben Sie mir, dass ich die Fragen stelle. Hat Doktor Bellamy Sie heute Morgen angerufen?«

»Nein. Warum?«

»Gestern auch nicht?«

»Gestern auch nicht.«

»Hat er Sie nicht aufgesucht?«

»Er betritt dieses Haus nie.«

»Haben Sie ihn auf der Straße gesehen? Verzeihen Sie, dass ich so nachdrücklich frage. Es ist außerordentlich wichtig.«

»Nein ... Nicht dass ich wüsste ...«

»Wohnen Sie hier?«

»Eigentlich nicht. Ich habe zwei Wohnungen, die miteinander verbunden sind ... Hier befinden sich die Empfangsräume und das Atelier, in der kleineren, die nach hinten hinaus geht, wohne ich ...«

»Kann man sie nur vom Remblai aus betreten?«

»Wie alle Häuser in dieser Straße hat auch dieses zwei Eingänge, einen am Remblai, den anderen an der Rue du Minage.«

»Hören Sie, Mademoiselle Olga ...«

»Das tue ich schon seit einer ganzen Weile, scheint mir, und Ihnen Rede und Antwort stehen.«

Sie blieb gelassen, rauchte ihre Zigarette und sah ihm in die Augen.

»Ich suche Sie seit gestern Nachmittag.«

Sie lächelte.

»Wie Sie sehen, ist es nicht besonders schwer, mich zu finden.«

»Ich brauche eine ehrliche Antwort von Ihnen. Bitte sorgen Sie dafür, dass man uns nicht belauscht.«

Er klang so gebieterisch, dass sie gehorchte, einen Vorhang beiseiteschob und ihren Angestellten einige Anweisungen erteilte, damit sie sich entfernten.

»Ihre Freundin kam doch wohl nicht nur her, um ihre Schneiderin aufzusuchen?«

»Meinen Sie?«

Ihre Lippen hatten leicht zu zittern begonnen.

»Die Zeit drängt, das müssen Sie mir glauben. Es ist nicht der Augenblick, Katz und Maus zu spielen. Sie wissen wahrscheinlich, wer ich bin.«

»Nein, aber ich nehme an, Sie sind von der Polizei.«

»Kommissar Maigret ...«

»Sehr erfreut.«

»Ich verbringe hier meine Ferien. Ich bin nicht beauftragt zu ermitteln. Binnen weniger Tage haben sich mindestens zwei Tragödien ereignet, ohne dass ich sie verhindern konnte. Aber wenn jeder offen zu mir gewesen wäre, wäre es nicht zu der zweiten gekommen.«

»Ich wüsste nicht, was ...«

»Doch.«

Das Blut fuhr der jungen Frau in die Wangen.

»Ich war mir nicht sicher, Sie heute Morgen noch lebend anzutreffen. Die kleine Duffieux, die weniger wusste als Sie, ist in der vorletzten Nacht ermordet worden.«

»Und Sie glauben, dass da eine Verbindung besteht?«

Sie gab nach. Langsam gab sie nach. Der schwierigste Teil der Arbeit war getan. Sie war sich nicht bewusst, wie ihr geschah, doch nun konnte sie nicht mehr zurück.

»Hat Émile das Haus durch den Eingang in der Rue du Minage betreten?«

Ein letztes Mal öffnete sie den Mund, um zu lügen oder Einspruch zu erheben, aber die Kompromisslosigkeit, die von der mächtigen Gestalt des Kommissars ausging, der sich zu ihr vorbeugte, war so entschieden, dass sie zu stammeln begann:

»Ja …«

»Ich nehme an, dass sich Ihre Freundin Odette gar nicht erst lange im Atelier aufhielt, sondern gleich in Ihre Wohnung ging.«

»Wie können Sie das wissen?«

»Wo ist sie jetzt?«

»Das werden Sie auch wissen.«

»Antworten Sie mir.«

»Aber … Ich nehme doch an, sie ist in Paris …«

Maigret zog mechanisch die Pfeife aus seiner Tasche und versenkte den Pfeifenkopf im Tabakbeutel.

»Nein«, sagte er streng.

»Dann ist er also auch nicht abgereist?«

»Er ist nicht mehr in Les Sables.«

»Und Sie wissen ganz genau, dass Odette noch hier ist? Haben Sie sie gesehen?«

»Ich habe sie nicht mit eigenen Augen gesehen, aber Doktor Bourgeois, der sie behandelt, hat sie noch vor drei Tagen gesehen.«

»Jetzt verstehe ich überhaupt nichts mehr.«

»Das ist nicht von Belang.«

»Und ihr Mann?«

»Eben!«

»Sie wollen sagen, er weiß Bescheid?«

»Das ist mehr als wahrscheinlich.«

»Aber dann … dann …«

Sie sprang entsetzt auf und begann, in dem kleinen Büro auf und ab zu geben.

»Sie wissen nicht, was das bedeutet …«

»Doch.«

»Er ist zu allem fähig … Sie kennen ihn nicht so wie ich … Sie wissen nicht, auf welche Weise er sie liebt … Sie haben ihn gesehen … Er mag abgeklärt wirken … Und doch wirft er sich ihr manchmal zu Füßen und beginnt zu schluchzen wie ein Kind … Er hätte sie am liebsten eingesperrt, um zu verhindern, dass der Blick eines Mannes sie auch nur streift …«

216

»Ich weiß.«

»Odette hat ihn immer gern gehabt, sie ist ihm dankbar gewesen … Trotzdem war sie nicht glücklich … Manchmal hat sie daran gedacht, ihn zu verlassen, und wenn sie geblieben ist, so nur, um ihn nicht in die Verzweiflung zu treiben.«

»Schließlich hat sie sich aber doch dazu entschlossen«, murmelte Maigret.

»Weil sie auch jemanden geliebt hat … Ein Mann kann so etwas nicht verstehen … Wahrscheinlich haben Sie Émile nicht gekannt. Wenn Sie ihn gesehen hätten … Wenn Sie seine Augen gesehen hätten, das leichte Zittern seiner Hände … Wenn Sie die Leidenschaft gespürt hätten, die …«

Sie hielt verlegen inne.

»Ich bitte Sie um Verzeihung«, sagte sie ruhig. »Das ist nicht das, was Sie hören wollten.«

»Im Gegenteil.«

»Nun, sie lieben sich, damit ist alles gesagt.«

»Damit ist alles gesagt? Hat Odette Sie nicht gebeten, ihr die Zusammenkünfte mit ihrem jungen Liebhaber zu ermöglichen?«

»Ich hätte es für niemanden sonst getan.«

»Das glaube ich Ihnen gern.«

»Ich habe viel riskiert.«

»Ja.«

»Wenn es einen Skandal gegeben hätte …«

»Es wird einen geben.«

»Was wollen Sie denn von mir? Warum wollen Sie mir Angst einjagen?«

»Ich habe mehr Angst als Sie. Ich versuche, alles zu verstehen, eben um ein weiteres Unglück zu verhindern.«

»Sind Sie sicher, dass Odette nicht fort ist?«

»Ja.«

»Ich kann nicht glauben, dass er ohne sie abgereist ist.«

»Ich auch nicht.«

Sie starrte ihn an.

»Was dann?«

»Seit dem Abend, an dem sie fliehen wollten, hat man ihn nicht mehr gesehen. Auch nicht am Bahnhof. Sagen Sie mir, wo sie sich verabredet hatten.«

»In der kleinen Straße hinter dem Haus des Doktors.«

»Wann?«

»Um halb zehn.«

»Um diese Zeit hält sich Bellamy gewöhnlich in der Bibliothek auf, in der Nähe des Zimmers seiner Frau.«

»An diesem Abend fand ein Essen in der Unterpräfektur statt, und er hatte zugesagt.«

»Sind Sie sicher, dass Odette Sie seither weder angerufen noch das geringste Lebenszeichen von sich gegeben hat?«

»Ich schwöre es Ihnen, Kommissar. Sie werden

zugeben müssen, dass ich Ihnen ehrlich geantwortet habe.«

»Wissen Sie, wo Ihre Freundin und Émile sich kennengelernt haben?«

Wieder wurde sie verlegen.

»Ich weiß nicht, ob ich Ihnen das sagen darf. Sie werden es nicht verstehen. Es ist so kindisch …«

»Auch ich bin einmal ein Kind gewesen.«

»Aber ist es Ihnen schon einmal passiert, dass Sie wochenlang einer Frau aufgelauert haben und ihr auf der Straße gefolgt sind? Das hat er getan … Genau dann, wenn sie ausging, um mich zu besuchen … Es war im Herbst … Ihre ganze Wintergarderobe musste in Ordnung gebracht werden. Sie kam häufiger … Immer dann, wenn ihr Mann in der Praxis war. Sie fühlte sich dann freier, obgleich nichts Verwerfliches daran war … Émile folgte ihr … Sehen Sie, so einfach kann es sein …«

»Ich nehme an, er hat damit begonnen, ihr zu schreiben?«

»Ja. Und sie hat ihm zwei Monate lang nicht geantwortet … Und dann hat sie ihm doch geschrieben, mit der ausdrücklichen Bitte, er solle sie in Ruhe lassen.«

»Das kenne ich.«

»Wenn so etwas den anderen geschieht, wirkt es lächerlich …«

Ihr war es nicht lächerlich erschienen. Im Gegenteil, sie schien das Abenteuer ihrer Freundin leidenschaftlich miterlebt zu haben.

»Auf diesen Brief hin hat er eines Morgens die Kühnheit besessen, ins Atelier zu kommen ... ›Ich muss Sie unbedingt sprechen ...‹

Odette wusste nicht, was tun ... Ich konnte die beiden nicht im Empfangszimmer stehen lassen, also habe ich sie in mein Büro geschoben ...

Danach haben sie sich weiter geschrieben.«

»Durch Ihre Vermittlung, nehme ich an.«

»Ja. Und dann ...«

»Ich verstehe.«

»Es war eine ganz reine Liebe, ich schwöre es Ihnen.«

»Aber ja.«

»Dass Odette nicht gezögert hat, alles aufzugeben, beweist es. In Paris hätte sie arbeiten müssen, denn er hatte nur eine bescheidene Stellung gefunden. Als ich sie fragte, ob sie ihre Kleider und ihren Schmuck mitnehme, antwortete sie:

›Nein, ich will ein ganz neues Leben beginnen.‹«

»Und Bellamy?«

»Was meinen Sie?«

»Hat er nichts geahnt? Haben Sie ihn niemals um Ihr Haus streichen sehen? Und noch etwas: Hat Ihre Freundin die Briefe ihres Liebhabers aufgehoben?«

»Natürlich.«

Sie verstand, worauf er hinauswollte.

»Etwas anderes: Sind Sie sicher, dass außer Ihnen niemand Bescheid weiß?«

Ihre Verlegenheit verriet, dass etwas nicht stimmte.

»Warum bin ich nur gestern nicht darauf gekommen?«, sagte sie leise und nachdenklich. »Zu Frühlingsanfang musste Émile eine Woche lang wegen einer Angina das Bett hüten. Es wurden aber weiterhin Briefe in meinen Briefkasten gesteckt. Ich muss hinzufügen, dass er sie aus Vorsicht niemals mit der Post schickte. Als ich einmal sehr früh am Morgen die Tür öffnete, sah ich ein junges Mädchen davonlaufen ...«

»Lucile?«

»Seine Schwester, ja.«

»Glauben Sie, dass er ihr von seinen Plänen erzählt hat?«

»Gut möglich. Ich weiß es nicht. Ich weiß gar nichts mehr. Es schien alles so einfach, so leicht, so unschuldig ...«

»Sehen Sie, Mademoiselle Olga, es gibt einen Mann, der seit einigen Tagen derselben Spur nachgeht wie ich und der mir gegenüber den Vorteil hat, dass er schon viel länger Bescheid weiß. Aber heute Morgen habe ich es hierher geschafft ...«

»Aber wie?«

»Indem ich von Tür zu Tür gegangen bin. Mein Ausgangspunkt waren Odette und Émile. Sie mussten sich doch irgendwo getroffen haben. Ich hatte aber nicht, anders als eine Frau an meiner Stelle, an die Schneiderin gedacht. Wer bezahlt die Rechnungen für Madame Bellamy?«

»Ihr Mann schickt mir am Ende des Jahres einen Scheck.«

»Weiß er, dass Sie seit Ihrer Jugend mit ihr befreundet sind?«

»Sicherlich, denn Odette und ich waren oft zusammen, als er sich in sie verliebte.«

»Hat sie ihn geliebt?«

»Ich glaube schon.«

»Eine halbherzige Liebe, nicht wahr, bei der das große Haus, der Schmuck, die Kleider und der Wagen eine große Rolle spielten?«

»Vermutlich. Odette hat immer Angst gehabt, wie ihre Mutter zu enden ... Was soll ich jetzt tun? Was werden Sie tun?«

Das Telefon läutete.

»Sie erlauben?«

Als sie den Hörer ans Ohr hielt, erbleichte sie und gab Maigret Zeichen.

»Ja, Doktor ... Hallo, Herr Doktor, ich kann Sie sehr schlecht verstehen ... Olga hier, ja ... Wie bitte? ... Würden Sie den Namen wiederholen? ... Maigret? ...«

Ihre Augen baten um irgendein Zeichen, und der Kommissar nickte mit Nachdruck.

»Ob er bei mir war?«

Mit dem Finger wies Maigret auf das Zimmer, aber sie konnte es nicht deuten und antwortete auf gut Glück: »Er ist in diesem Augenblick hier ... Nein, noch nicht lange ... Warten Sie ... Ich glaube, er will selbst mit Ihnen sprechen ...«

Maigret nahm den Hörer in die Hand.

»Hallo? Sind Sie es, Doktor?«

Schweigen am anderen Ende der Leitung.

»Ich wollte Sie gerade anrufen, um Sie um eine Unterredung zu bitten ... Sie sagten doch, Sie würden mir jederzeit zur Verfügung stehen ... Hallo?«

»Ja, ich höre ...«

»Rufen Sie von zu Hause aus an?«

»Ja.«

»Wenn es Ihnen recht ist, bin ich in ein paar Minuten bei Ihnen. So lange es braucht, über den halben Remblai zu gehen ... Hallo?«

Erneutes Schweigen.

»Hören Sie mich noch, Doktor?«

»Ja.«

»Ich spreche als Mensch zu Ihnen ... Hallo? ... Ich beschwöre Sie, ich flehe Sie an, ich befehle Ihnen, nichts zu tun, bevor ich eintreffe ... Hallo?«

»Ja.«

»Versprechen Sie es?«

Schweigen.

»Hallo? ... Hallo! ... Mademoiselle, halten Sie die Leitung ... Wie? ... Eingehängt?«

Er griff hastig nach seinem Hut, stürzte zur Tür hinaus und die Treppe hinunter. Gleich vor dem Haus sah er den offenen Wagen des Lederwarenhändlers, der in diesem Moment, mit dem Hut auf dem Kopf, sein Geschäft verließ, während er noch ein paar Worte an seine Frau richtete.

»Würden Sie mich zu Doktor Bellamy fahren?«

»Mit Vergnügen.«

Es waren nur dreihundert Meter und die Fahrt so kurz, dass Maigret das Gefühl hatte, nicht einmal Atem holen zu können. Sein Begleiter blickte ihn erstaunt an, war aber zu beeindruckt, um ihm Fragen zu stellen.

Er bremste.

»Soll ich auf Sie warten?«

»Danke ... Nein ...«

Maigret läutete, hielt den Klingelknopf lange gedrückt. Er hörte eine Frauenstimme hinter der Tür, die Stimme der alten Madame Bellamy:

»Francis, sehen Sie nach, wer der Flegel ist ...«

Francis machte auf, überrascht darüber, einen so aufgeregten Maigret vor sich zu sehen.

»Ist er oben?«

»In der Bibliothek, ja ... Jedenfalls war er vor einer Viertelstunde noch dort ...«

Madame Bellamy stand mit dem Stock in der Hand in der Tür zum Salon. Er verzichtete darauf, sie zu begrüßen, und lief die Treppe hinauf. Einen

Augenblick blieb er vor Odettes Zimmer stehen. Doch dann hörte er ein Geräusch im Flur. Vielleicht hätte er sonst versucht, die Tür zu öffnen.

Philippe Bellamy erwartete ihn, aufrecht stehend, steif wie auf einem Porträt, vor dem Hintergrund der kostbaren Einbände in den Regalen der Bibliothek.

»Wovor haben Sie Angst?«, fragte er, jedes Wort betonend, während Maigret wieder zu Atem kam.

Sein Mund verzog sich leicht zu einem kalten, ironischen Lächeln.

Er trat zur Seite, bat Maigret in das Zimmer, in dem sie sich am Vorabend zu dritt unterhalten hatten, und deutete auf einen Sessel.

»Wie Sie sehen, habe ich auf Sie gewartet.«

Warum nur konnte Maigret den Blick nicht von seinen weißen Händen losreißen, als suchte er nach Blutspuren?

Auch diesen Blick verstand der Doktor.

»Glauben Sie mir nicht?«

Ein kurzes Zögern. Bellamy musste bis zum Äußersten angespannt sein. Er fuhr sich mit der Hand über die Stirn.

»Kommen Sie.«

Er ging voraus durch den Flur und nahm unterdessen einen kleinen Schlüssel aus der Tasche. Vor der Tür seiner Frau blieb er stehen. Er wandte sich um, sah Maigret an. Warum zögerte er noch?

Endlich steckte er den Schlüssel ins Schloss und öffnete langsam die Tür. Das Zimmer war in goldenes Licht getaucht, das durch die Vorhänge fiel.

In einem großen Bett mit seidenen Laken breiteten sich leuchtend blonde Haare über ein Kopfkissen, als würden sie fließen. Im Halbprofil die weiblichen Züge, die langen Wimpern, die leicht gebogene Nase mit den bebenden Nasenflügeln, die vorgeschobene Unterlippe und, ausgestreckt auf der goldenen Bettdecke, ein nackter, weicher Arm.

Philippe Bellamy stand aufrecht und unbeweglich im Türrahmen. Als der Kommissar sich zu ihm umdrehte, sah er, dass der Doktor die Augen geschlossen hatte.

»Lebt sie?«, fragte Maigret verhalten.

»Sie lebt.«

»Schläft sie?«

»Ja, sie schläft.«

Bellamy sprach wie in Trance, die Augen noch immer geschlossen, die Hände geballt.

»Bourgeois ist heute Morgen hier gewesen und hat ihr ein Beruhigungsmittel gegeben. Sie muss schlafen ...«

Wenn sie schwiegen, konnten sie die regelmäßigen Atemzüge der jungen Frau wahrnehmen, so leicht wie der Flügelschlag eines Nachtfalters.

Maigret tat einen Schritt zur Tür, wandte sich noch einmal zu der Schlafenden um.

In einem Ton, der Ungeduld verriet, mahnte der Doktor:

»Kommen Sie.«

Er schloss die Tür sorgfältig ab, steckte den Schlüssel in die Tasche und begab sich zur Bibliothek.

9

Sie hatten sich wieder in der Bibliothek niedergelassen, Bellamy auf seinem gewohnten Platz am Schreibtisch, Maigret in einem der Ledersessel. Beide schwiegen, ein Schweigen, das nichts Peinliches, nichts Feindseliges hatte, das vielleicht eine Art Entspannung brachte.

In dem Augenblick, als er seine Pfeife angezündet hatte, nahm der Kommissar eine Veränderung an seinem Gegenüber wahr – war sie schon gestern oder erst vor einigen Minuten eingetreten? Bellamy machte nun den Eindruck eines Mannes, der sich bemüht, seine grenzenlose Müdigkeit zu bezwingen, um bis zum Ende durchzuhalten. Feine, aber tiefe Ringe umspielten seine Lider, und seine Haut war so weiß, so fahl, dass die Lippen im Gegensatz dazu wie geschminkt wirkten.

Er war sich bewusst, dass Maigret ihn unwillkürlich musterte, aber er kümmerte sich nicht darum, und als endlich wieder Leben in ihn kam, streckte er die Hand zum Klingelknopf aus. Zum ersten Mal schien sein Blick Zustimmung zu suchen. Man konnte es kaum als Lächeln bezeichnen, doch es war, als hellte sich sein Gesicht auf, als zeigte sich darin so etwas wie Spott für den Kommissar und ein wenig Nachsicht mit sich selbst.

Dachte er womöglich, als er den Knopf drückte, dass er vielleicht zum letzten Mal als freier reicher Mann handelte, in einer Umgebung, die er sich mit so viel Liebe geschaffen hatte?

An diesem Tag erschien es wie eine nervöse Angewohnheit, dass er sich mit der Hand über die Stirn fuhr; es unterlief ihm allein zweimal, ehe der Diener eintrat.

»Für mich einen Whisky«, sagte er. »Und für Sie, Monsieur Maigret?«

»Obgleich jetzt nicht die Zeit dazu ist, nehme ich etwas Herbes, einen Cognac oder einen Armagnac.«

Als das Tablett auf dem Tisch stand und die Gläser gefüllt waren, sagte der Doktor, der sich gerade eine Zigarette angezündet hatte, verträumt:

»Es gibt mehrere Lösungen …«

Als handelte es sich um eine Rechenaufgabe, die sie gemeinsam lösen mussten.

»Es gibt immer nur eine richtige«, entgegnete Maigret und seufzte.

Er erhob sich schwerfällig und ging zum Telefon, das auf dem Schreibtisch stand.

»Sie erlauben? … Hallo! Mademoiselle, geben Sie mir bitte La Roche-sur-Yon 118 … Wie meinen Sie? … Ich brauche nicht zu warten? … Hallo? …

Ich möchte den Untersuchungsrichter de Folletier sprechen ... Im Auftrag von Doktor Bellamy ... Bellamy, ja ...

Hallo? Sind Sie es, Herr Richter? Hier Maigret ... Wie meinen Sie? ... Aber nein ... Ich bin in seinem Arbeitszimmer, und ich reiche Sie gleich weiter.

Ich glaube, er möchte Sie bitten, so schnell wie möglich herzukommen ...«

Als wäre dies im Voraus verabredet worden, übergab er den Hörer, und der Doktor nahm ihn mit einem ergebenen Gesichtsausdruck entgegen. Für einen Moment waren sich ihre Blicke begegnet; sie hatten sich verstanden.

»Ich bin es, Alain ... Ich möchte dich in der Tat bitten herzukommen, sobald du kannst ... Was sagst du? ... Wie ich dich kenne, brauchst du den halben Nachmittag, wenn du zu Tisch gehst ... Könntest du dich nicht ausnahmsweise mit einem Sandwich begnügen und sofort losfahren? ... Deine Frau ist mit dem Wagen nach Fontenay gefahren? ... Dann nimm ein Taxi ... Ja ... Wir werden auf dich warten ... Es ist ziemlich wichtig ...«

Er legte den Hörer auf, und es wurde wieder still im Raum, bis kurz darauf das Telefon läutete. Bellamy machte den Anschein, als bäte er um die Erlaubnis, zu antworten. Maigret schlug kurz die Augen nieder.

»Hallo? ... Ja, Mutter ... Nein ... Es dauert noch

eine Weile … Aber nein … Bitte begib dich allein zu Tisch … Warte nicht auf mich …«

Als er aufgelegt hatte, sagte er:

»Sie müssen zugeben, dass Sie keinerlei Beweise haben.«

»Das stimmt.«

Philippe Bellamy erschien nicht überheblich. Ihm lag nicht daran, sein Gegenüber herauszufordern. Er stellte es lediglich fest, ohne zu triumphieren. Hier waren zwei Männer, die in aller Ruhe ein Problem erörterten.

»Ich weiß nicht, wie Sie es mit Alain anfangen werden, aber ich bezweifle, dass Sie ihm beim gegenwärtigen Stand der Ermittlungen einen Haftbefehl abringen können. Nicht nur, weil er mein Freund ist. Jeder Untersuchungsrichter würde zögern, eine solche Verantwortung zu übernehmen.«

»Trotzdem«, sagte Maigret, »muss ich sie übernehmen. Meinen Sie nicht, Doktor, dass es so schon genug Opfer gegeben hat?«

Bellamy senkte den Kopf, vielleicht, um seine Hände zu betrachten.

»Ja«, gab er schließlich zu. »Das habe ich auch gedacht, ehe Sie kamen. Seit zwei Tagen versuche ich, sozusagen Stunde für Stunde, von Ihren Handlungen auf Ihre Gedanken zu schließen. Heute Morgen habe ich, noch bevor Sie es taten, Olgas Bedeutung erkannt. Dann habe ich Sie auf dem Remblai gesehen, wie Sie von Tür zu Tür gingen, und ich wusste gleich, dass Sie schließlich bei ihr landen würden. Ich hatte also einen Vorsprung. Und während Sie noch die Leute ausfragten, hätte ich am Hintereingang klingeln können ...«

»Glauben Sie, das hätte genügt?«

»Seien Sie versichert, dass Sie, selbst mit Olgas Aussage, nichts gegen mich in der Hand haben. Verdachtsmomente vielleicht, aufgrund derer kein Geschworener einen Mann in meiner Stellung verurteilen würde. Ich möchte Ihnen lediglich begreiflich machen, dass ich noch standhalten und weiterspielen kann und dass ich wahrscheinlich, wenn nicht mit allen Ehren, so doch als freier Mann aus der Sache hervorgehen würde.«

Sein Blick schien die Dinge zu streicheln, die ihn umgaben, und wieder lag ein leiser Spott darin.

»Nur ...«, hob er erneut zu sprechen an.

»Nur«, unterbrach ihn Maigret, »müssten Sie Ihre Liste erweitern. Und Sie haben allmählich genug davon, nicht wahr? Selbst wenn Sie sich beeilen würden, kämen Sie nicht rechtzeitig. Sie haben nämlich etwas vergessen, genau genommen, jemanden. Immer haben Sie allein gehandelt, nur ein Mal hat eine geringfügige Kleinigkeit Sie genötigt, jemanden um Hilfe zu bitten.«

Der Doktor runzelte nachdenklich die Stirn, als müsste er eine Gleichung lösen.

»Die Ansichtskarte ...«, flüsterte ihm der Kommissar zu. »Die Ansichtskarte, die aus Paris abgeschickt werden musste. Wenn ich morgen hinfahre, wenn ich Ihre Schwiegermutter in mein Büro am Quai des Orfèvres bitte, wenn ich sie notfalls ein paar Stunden lang verhöre ... Verstehen Sie? Dann wird sie schließlich reden ...«

»Vielleicht.«

»Aber wissen Sie, ich muss offen zugeben, dass mich dieser Schachzug besonders beeindruckt hat. Wie sind Sie nur an eine Ansichtskarte von Paris gekommen? In der Buchhandlung habe ich keine gefunden.«

Doktor Bellamy zuckte mit den Schultern, erhob sich und nahm etwas aus einer Schublade.

»Wie Sie sehen, habe ich mir nicht die Mühe gemacht, die anderen zu vernichten. Ich muss sie irgendwann einem Bettler oder einem Hausierer abgekauft haben. Sie liegen schon seit Jahren in dieser Schublade.«

Er hatte Maigret einen Umschlag mit etwa zwanzig gewöhnlichen Ansichtskarten gereicht, auf dem zu lesen war: *Die großen Städte Frankreichs.*

»Ich hätte Sie auch nicht für fähig gehalten, eine Handschrift so vollendet nachzuahmen.«

»Ich habe sie nicht nachgeahmt.«

Maigret blickte auf. Er war überrascht und nicht ohne Bewunderung.

»Wie meinen Sie das?«

»Er hat sie selbst geschrieben.«

»Nach Ihrem Diktat?«

Erneut zuckte der Doktor mit den Schultern, wie um auszudrücken, dass ihm das zu einfach gewesen wäre. Plötzlich stutzte er und bedeutete Maigret, sich nicht zu rühren. Er ging auf Zehenspitzen auf die Tür zu, die ins Nebenzimmer führte, und öffnete sie mit einem Ruck. Das Dienstmädchen stand verlegen da. Bellamy tat, als glaubte er, dass sie erst in diesem Augenblick gekommen sei.

»Wollten Sie mir etwas sagen, Jeanne?«

Endlich konnte auch Maigret einen Blick auf sie werfen. Sie war mager, ohne Rundungen an Brust und Hüften, nicht eben attraktiv, mit unregelmäßigen Zügen und schlechten Zähnen.

»Ich dachte, Sie wären zu Tisch gegangen, und wollte aufräumen.«

»Es wäre mir lieber, Jeanne, wenn Sie in meiner Praxis aufräumen würden. Hier ist der Schlüssel.«

Als die Tür wieder geschlossen war, seufzte er und sagte:

»Die hätte ich nicht umbringen müssen. Verstehen Sie? Ich weiß nicht, was sie denkt. Ich weiß nicht, was sie ahnt. Aber selbst wenn ich die halbe Stadt ermordet hätte und ein schreckliches Ungeheuer wäre, würden Sie kein Wort aus ihr herausbekommen.«

Der Doktor schwieg einen Moment, schließlich sagte er:

»Sie liebt mich …«

Anspruchslos, aber wild entschlossen und doch ohne Hoffnung wärmte sie sich an seiner Liebe, die einer anderen galt. Sie liebte ihn, und ihre unbedingte Fürsorge, die sie Odette Bellamy angedeihen ließ, war nur ein weiterer Beweis dafür.

Ob der Doktor immer noch Zug um Zug den Gedanken des Kommissars folgte? Jedenfalls schüttelte er, nachdem er sich eine weitere Zigarette angezündet und einen Schluck Whisky getrunken hatte, den Kopf.

»Sie irren sich, sie war es nicht …«

Er hielt einen Moment inne, bevor er schwermütig hinzufügte:

»Es war meine Mutter! Denn auch sie liebt mich, wenigstens nehme ich es an, da sie auf mich ebenso eifersüchtig ist, wie ich es auf meine Frau gewesen bin. Wissen Sie, wie ich darauf gekommen bin?

Es ist einfach und dumm zugleich. Im Boudoir meiner Frau steht ein kleiner Louis-xv-Schreibtisch aus Rosenholz. Auf dem Schreibtisch liegt eine Schreibmappe mit einem Löschblatt. Niemand verabscheut das Schreiben mehr als Odette. Oft habe ich meine Scherze darüber gemacht. Immer war es an mir, die Einladungen unserer wenigen Freunde schriftlich anzunehmen oder abzulehnen.

An einem Vormittag aber, als meine Frau im Garten war, zeigte mir meine Mutter das Löschpapier.

›Anscheinend hat Odette ihre Gewohnheiten geändert‹, sagte sie nur.

Das Löschblatt war voller Tintenspuren, als hätte sie es für eine große Zahl von Briefen verwendet.

So einfach wie dumm, nicht wahr? Man denkt an alles, nur nicht an derartige Kleinigkeiten.

Für mein Gefühl liegt es sehr weit zurück, aber es sind seitdem keine zwei Wochen vergangen.«

»Haben Sie die Briefe entdeckt?«

»Dort, wo alle Frauen sie verbergen, unter ihrer Wäsche.«

»Hat Émile darin die Abreise erwähnt?«

»Der letzte Brief enthielt alle Einzelheiten.«

Er sprach mit einer nüchternen, kühlen Stimme.

»Es war zwei Tage vorher …«

»Und Sie haben nichts gesagt?«

»Ich habe mir nichts anmerken lassen.«

»Sie waren zu einem Essen in der Unterpräfektur geladen, nicht wahr?«

»Ein Herrenabend, ja. Im Smoking.«

»Sind Sie dort gewesen?«

»Nur kurz.«

»Nachdem Sie es Ihrer Frau unmöglich gemacht hatten, das Haus zu verlassen?«

»Richtig. Unter dem Vorwand, sie wirke so nervös, was durchaus stimmte, gab ich ihr ein Medikament, in Wahrheit ein starkes Schlafmittel. Dann habe ich sie zu Bett gebracht und eingeschlossen.«

»Und sind selbst zum verabredeten Ort gegangen?«

»Zum ausgemachten Zeitpunkt war ich wieder zu Hause und brauchte lediglich die Ihnen bekannte Tür zu öffnen, die vom Wartezimmer auf die kleine Straße führt. Eine Gestalt lehnte an der Wand. Der Junge fuhr zusammen. Kurz dachte ich, er würde die Beine in die Hand nehmen und davonrennen, sodass ich ihn hätte verfolgen müssen.«

»Haben Sie ihn in Ihr Sprechzimmer gebeten?«

»Ja, ich glaube, ich habe ihm gesagt: ›Wollen Sie nicht einen Augenblick hereinkommen? Meine Frau fühlt sich nicht wohl und wird heute nicht mit Ihnen fahren können.‹«

Maigret stellte sich die beiden Männer auf der dunklen Straße vor, Émile, einen Koffer in der Hand, die Fahrkarten nach Paris in der Tasche, an allen Gliedern zitternd.

»Warum haben Sie ihn hinaufgebeten?«

Der Doktor sah ihn verwundert an, als zweifelte er an der Ebenbürtigkeit des Kommissars.

»Ich konnte es wohl kaum auf der Straße tun.«

»Also hatten Sie es da schon beschlossen …«

Ein Blinzeln.

»Es ist so einfach, wissen Sie. Viel leichter, als man glaubt!«

»Hatten Sie denn gar kein Mitleid?«

»Das ist mir nicht in den Sinn gekommen. Auch jetzt noch stößt mich dieses Wort ab.«

»Aber er hat sie geliebt.«

»Nein.«

Bellamy zitterte und sah dem Kommissar mit kaltem Blick in die Augen.

»Das können Sie nur sagen, weil Sie nichts davon verstehen. Vielleicht war er verliebt, das mag sein. Aber nicht in sie, begreifen Sie? Er kannte sie nicht einmal, wie hätte er sie lieben können?

Hatte er sie jemals krank gesehen oder hässlich? Als sie schwach war oder geklagt hat? Mochte er ihre Fehler? Ihre kleinen Gemeinheiten?

Er kannte sie nicht!

Was er liebte, das war die Frau. Es hätte genauso gut eine andere sein können.

Wissen Sie, was ihn am meisten reizte? Mein Name, mein Haus, ein gewisser Luxus, ein gewisser Ruf. Die Kleider, die sie trug, das Geheimnis, das sie umgab ... Und ich gehe noch weiter, Maigret ...«

Zum ersten Mal sprach er ihn so vertraulich an.

»Sehen Sie, ich bin mir sicher, dass ich mich nicht täusche. Ohne mich, ohne meine Liebe hätte er sie nicht geliebt.«

»Haben Sie lange mit ihm gesprochen?«

»Ja. In seiner Lage, nicht wahr, konnte er mir keine Antwort schuldig bleiben.«

Nun blickte er ein wenig verlegen zur Seite.

»Ich musste es wissen«, gestand er mit leiser Stimme. »Alles, verstehen Sie? ... Jedes schmutzige Detail ...«

Dort oben in dem Sprechzimmer mit den Milchglasscheiben.

»Ich musste einfach ...«

Ein gewisses Taktgefühl veranlasste Maigret, ihn zu unterbrechen.

»Wann haben Sie das Geräusch gehört?«, fragte er.

Bellamy richtete sich auf und riss sich aus seinen dunklen Gedanken.

»Auch das wissen Sie, natürlich. Ich habe es gestern erraten, als Sie das Sprechzimmer sehen wollten, und vor allem, als Sie die Fenster öffneten.«

»Es gibt nur diese Erklärung. Sie *musste* etwas gesehen haben.«

»Im Gegensatz zu dem, was ich Ihnen am ersten Tag gesagt habe, hat mich meine Schwägerin geliebt. Aber kann es wirklich Liebe gewesen sein? Ich überlege manchmal, ob es nicht eine Art Wut auf ihre Schwester war ...«

Er hing seinen Gedanken nach und versuchte schließlich, sie in Worte zu fassen.

»Meine Mutter ... Jeanne ... Lili ... Es ist beinahe so, als ob die Frauen es nicht ertragen könnten, eine bestimmte Art von Liebe mitanzusehen, ihre besondere Qualität, die große Intensität. Ich war lange

Junggeselle. Die Frauen meiner Freunde schenkten mir kaum Aufmerksamkeit. Aber nachdem ich Odette geheiratet hatte, wurden sie neugierig, zeigten sich irritiert und schließlich herausfordernd. Ich habe meine Schwägerin niemals ermuntert. Ich tat so, als bemerkte ich es nicht. Ich gehe lieber nicht auf Einzelheiten ein, aber sie war getrieben von einer sinnlichen Leidenschaft.«

»Hat sie Sie beobachtet?«

»Sie muss neugierig geworden sein, als sie das Licht in meinen Räumen gesehen hat. Wahrscheinlich dachte sie, ich wäre mit einer Frau dort. Es wäre für sie eine Erleichterung gewesen, glaube ich. Das hätte sie in ihrer Hoffnung bestärkt. Ich weiß nicht, wie ich es erklären soll. Es hätte ihr, in ihrer Vorstellung, ein Anrecht auf mich gegeben.

Ich habe die Tür aufgerissen, wie vorhin bei Jeanne. Seit meiner Kindheit bin ich daran gewöhnt, auf Geräusche hinter den Türen zu achten …

Ich habe ihr irgendetwas gesagt, ich sei mit einem Patienten beschäftigt und würde sie bitten, ins Haus zurückzugehen.«

»Hat sie gesehen, wer bei Ihnen war?«

»Ich weiß es nicht. Vielleicht. Es ist einerlei.«

»Haben Sie noch lange mit ihm gesprochen?«

»Etwa eine Viertelstunde. Er bat mich um Verzeihung, versprach mir, Odette nicht wiederzusehen. Er hat sogar von Selbstmord gesprochen …«

»Und Sie haben ihn schreiben lassen?«

»Ja.«

»Unter welchem Vorwand?«

Eine gewisse Verwunderung, ein leichter Vorwurf in Bellamys Blick. Der Doktor ärgerte sich, nicht auf eine größere Auffassungsgabe zu stoßen.

»Es bedurfte keines Vorwands. Ich glaube, er war sich anfangs nicht einmal bewusst, was er schrieb.«

»Hatten Sie die Ansichtskarte mitgebracht?«

»Ja.«

»Und waren Sie immer noch im Smoking?«

»Ja.«

»Zu welchem Zeitpunkt haben Sie …«

»Als er mit dem Schreiben fertig war. Ich habe die Karte genommen und sie in Sicherheit gebracht.«

Vor dem Blut!

»Ich habe ihn gebeten, sich auf meinen Platz zu setzen. Er hielt noch den Federhalter in der Hand. Ich stand hinter ihm und spielte schon eine Weile mit dem silbernen Brieföffner. Es war ganz einfach, Monsieur Maigret. Er durfte nicht weiterleben, nicht wahr? Vor allem nicht nach den Geständnissen, die ich ihm entrissen hatte.«

Ein kaum wahrnehmbares Zittern seiner Lippen, aber der Kommissar ließ sich nicht täuschen.

»Er ist auf den Parkettboden gefallen. Ich hatte alles berechnet. Ich hatte Zeit. Dann hörte ich abermals ein Geräusch hinter der Tür. Ich habe sie einen

Spaltbreit geöffnet. Meine Schwägerin hat nur die Füße sehen können.

›Was ist passiert?‹, hat sie gerufen.

›Du gehst sofort ins Haus zurück! Mein Patient ist in Ohnmacht gefallen, mehr nicht.‹

Ich weiß nicht, ob sie mir geglaubt hat. Sie wird mir zumindest nicht ganz geglaubt haben. Immerhin war meine Erklärung plausibel.

Und wie Sie nun sehen, hatte ich von Anfang an recht damit, dass Sie nichts gegen mich in der Hand haben. Suchen Sie nur mal die Leiche.«

»Die findet sich früher oder später immer.« Maigret seufzte.

»Ich habe einen Teil der Nacht damit verbracht, sie verschwinden zu lassen und sämtliche Spuren zu beseitigen. Daraufhin bin ich hinausgegangen, um den Brief einzuwerfen, den ich wie erwartet in seiner Tasche gefunden hatte, den Brief an seine Eltern. Er hatte auch einen an seinen Chef bei sich ...«

»Und um die Ansichtskarte an Ihre Schwiegermutter zu schicken.«

»Ganz richtig.«

»Wie hat sich Ihre Frau am nächsten Tag verhalten, als sie aus ihrem künstlichen Schlaf erwacht ist?«

»Ich habe ihr nichts gesagt, und sie hat sich nicht getraut, mir Fragen zu stellen.«

»Hat bisher noch keine Aussprache zwischen Ihnen stattgefunden?«

»Nein.«

»Und Sie haben sie jeden Tag gesehen?«

»Ja.«

»Sie haben sich nicht verraten?«

»Nein, sie war sehr müde, sehr deprimiert. Ich habe ihr befohlen, das Bett zu hüten.«

»Und Sie sind mit Ihrer Schwägerin zum Konzert gefahren?«

»Es gab keinen Grund, nicht an unseren Gewohnheiten festzuhalten.«

»Was hatten Sie vor?«

Eine vage Geste.

»Ich weiß nicht.«

»Wann hat Lili das Messer entdeckt?«

»Sie war es also!«, rief Bellamy. »Ich habe mich von Anfang an gefragt, was Sie auf diese Spur gebracht hat. Ich wusste, dass Ihre Frau in der Klinik liegt, in der Lili gestorben ist.«

»Nachdem sie im Fieber gesprochen hat.«

»Von einem Messer?«

»Von einem silbernen Messer.«

»Hat sie mich beschuldigt?«

Er war überrascht, beinahe schockiert.

»Im Gegenteil, sie hat Sie verteidigt. Sie hat im Beisein der Schwester geschrien, man dürfe Sie nicht verhaften, Ihre Frau sei das Ungeheuer.«

»Ah!«

»Sie hat auch Wörter benutzt, die die Ordensschwestern nicht wiederholen wollten, unanständige Wörter angeblich.«

»Das bestätigt nur, was ich Ihnen anvertraut habe.«

Und trotz allem neugierig:

»Hat sich Schwester Marie des Anges an Sie gewandt?«

»Ja. Ihre Schwägerin muss auf der Rückfahrt in Ihrem Wagen ein Indiz gefunden haben, wahrscheinlich das Messer.«

»Ganz richtig.«

Es war merkwürdig zu beobachten, wie er seinen eigenen Fall mit klarem Verstand durchdachte, als handelte es sich um ein Problem, das ihn nichts anging. Und doch ließ sich Maigret dadurch nicht in die Irre führen. Er spürte, dass Bellamy auf die geringsten Geräusche im Haus reagierte. Man hätte meinen können, er zähle die Minuten, die ihm noch blieben, um als freier Mann zu handeln.

»Sehen Sie, welche Bedeutung ein lächerliches Gefühl erlangen kann. Ich hatte alle Spuren vernichtet. Es blieb nichts, nicht das geringste Indiz gegen mich. Nur dieses Messer, das ich gereinigt und wieder an seinen Platz auf meinem Schreibtisch gelegt hatte. Warum? Weil ich daran gewöhnt war, weil ich die Form des Griffs mochte. Vielleicht auch, weil ich es dort immer vor Augen und während der Sprechstunden unwillkürlich berührt hatte.

Am nächsten Morgen habe ich es wieder an seinem Platz liegen sehen, doch es erinnerte mich zu genau an eine bestimmte Bewegung.

Also habe ich es in ein Taschentuch gewickelt und in meine Tasche gesteckt. Etwas später stieg ich in meinen Wagen. Das Messer störte mich, und ich verstaute es in dem kleinen Fach rechts neben dem Armaturenbrett.

Ich hatte nicht mehr daran gedacht, als Lili das Fach auf der Rückfahrt von La Roche öffnete, um die Streichhölzer herauszunehmen.

Sie hat nach dem Taschentuch gegriffen und es aufgeschlagen. Ich sehe sie vor mir, das Messer in der Hand, die Augen vor Entsetzen aufgerissen. Natürlich erinnerte sie sich an die Füße, die sie am Abend zuvor im Sprechzimmer gesehen hatte. Vielleicht wusste sie mehr. Vielleicht ahnte sie etwas von der Affäre ihrer Schwester. Ich wollte ihr das Messer aus der Hand reißen. Hat sie meine Bewegung missverstanden? Ich glaube nicht. Sie folgte nur einem Reflex. In dem Augenblick, als ich die Klinge des Messers ergriff, ließ sie es los und stieß die Tür auf. Auch sie – das können Sie mir glauben – hätte ich nicht töten müssen.«

»Ich glaube Ihnen.«

»Erst später musste ich mich Ihretwegen verteidigen.«

Und Maigret fragte ruhig:

»Was verteidigen?«

»Nicht meinen Kopf, das spüren auch Sie. Nicht einmal meine Freiheit. Ich möchte, dass Ihnen das klar wird. Bei den anderen wird davon bestimmt nicht einmal die Rede sein.

Ich habe soeben den Kampf aufgegeben. Nicht weil ich die Gefahr fürchte, und auch nicht, weil Sie kurz davor sind, die ganze Wahrheit zu erfahren, sondern weil ich verstanden habe, dass weitere Opfer nötig wären, zu viele Opfer.«

Seine Lippen bebten jetzt kaum noch, aber der Kommissar ließ sich auch weiterhin nicht täuschen.

»Ich einbegriffen?«

»Vielleicht.«

»Und Sie haben nicht etwa aus Mitleid aufgegeben?«

»Nein. Ich habe kein Mitleid mehr.«

Das Bild war sicherlich nicht ganz stimmig, aber der Kommissar hatte den Eindruck, als er Bellamy so vor sich sah, dass er es mit einem Mann zu tun hatte, den man seiner ganzen Substanz beraubt, den man ausgeweidet hatte. Er ging auf und ab, trank, sprach wie ein gewöhnlicher Mensch, aber innerlich war er hohl, allein der Verstand arbeitete noch aus eigenem Antrieb weiter. So wie ein Enthaupteter nach der Hinrichtung angeblich noch minutenlang die Lippen bewegt.

»Wozu auch?«, sagte er mit einem Blick in Rich-

tung des Zimmers, das er vorhin sorgfältig abge-
schlossen hatte und dessen Schlüssel er in der Tasche spürte.

Ein Skrupel hatte ihn bewogen, so dicht wie möglich an der Wahrheit zu bleiben.

»Und doch … Hören Sie … Bei dem Jungen war
ich beinahe im Recht … Ich hätte nur abwarten
müssen, bis ich die beiden überrascht hätte, und jedes Gericht in ganz Frankreich hätte mich freige-
sprochen. Trotzdem habe ich die schmutzige Arbeit
auf mich genommen, den Körper verschwinden
zu lassen und zu lügen. Warum? Ich will es Ihnen
sagen, so lächerlich es auch klingen mag: weil man
mich trotzdem verhaftet hätte, weil man mich für
ein paar Tage oder Wochen ins Gefängnis gesteckt
hätte und weil ich *sie* nicht gesehen hätte.«

Sein Lächeln war nun entsetzlich bitter. Er
schenkte sich nach.

»Das ist der Grund. Auch bei der Kleinen. Sie haben sie hier gesehen. Und ich wusste, Sie würden
sie finden, ausfragen und die Wahrheit erfahren, die
Wahrheit, die für mich dasselbe bedeutet hätte: *sie
nicht zu sehen …*«

Seine Stimme versagte, und er vermochte gerade
noch, einen Satz hervorzubringen:

»Das ist alles.«

Aber er konnte sein Glas nicht austrinken, das er
in der Hand hielt. Seine Kehle war wie zugeschnürt.

Er rührte sich nicht, blieb regungslos stehen, und Maigret schwieg.

Autos fuhren den Quai entlang. Jeden Augenblick würde eins davon vor dem Haus halten, und man würde die Stimme des Untersuchungsrichters im Flur hören.

»Hätte ich meine Ferien nicht in Les Sables verbracht ...«, sagte Maigret schließlich, seufzend.

Der Doktor nickte. Sie dachten beide an die kleine Lucile.

»Sie müssen zugeben, dass Sie vorhin, gleich nach unserem Telefonat ...«

»Nein!«

Der Doktor fasste sich langsam wieder.

»Das war vorher. Als ich anrief, hatte ich meinen Entschluss bereits gefasst ...«

»Sie haben daran gedacht, Ihre Frau und sich selbst umzubringen?«

»Das ist romantisch, nicht wahr? Und doch hat selbst der intelligenteste Mann mindestens ein Mal im Leben diese Versuchung verspürt.«

Mit zwei Fingern zog er ein zusammengefaltetes Stück Papier aus seiner Westentasche und reichte es Maigret.

»Das war für mich bestimmt«, sagte er. »Am besten vernichten Sie es sofort, denn es wirkt zuverlässig, und ein Unglück ist schnell geschehen. Es ist Zyankali. Ebenso romantisch, nicht wahr? Sie müssen doch davon ausgegangen sein, dass ich mich nicht einfach so verhaften lasse.«

»Vielleicht.«

»Noch vor wenigen Minuten haben Sie mich nicht einen Moment aus den Augen gelassen …«

»Das ist wahr.«

»Auch daran habe ich gedacht, wie Sie sehen. Sie können sich nicht vorstellen, wie wachsam man ist, wie weit man denkt, wenn man sich in so einer Situation befindet.«

Er nahm die Flasche und stellte sie auf das Tablett zurück, ohne sich einzuschenken.

»Wozu?«, sagte er.

Er zuckte mit den Schultern und fügte hinzu:

»Alain wird jeden Moment hier sein, dieser Trottel. Er wird weder Ihnen noch mir glauben und sich einbilden, wir wollten ihn hochnehmen.«

Er tat ein paar Schritte, hielt inne, wandte sich um.

»Ich werde leben, Sie werden es sehen! Ich werde alles tun, um am Leben zu bleiben. Es ist widersinnig, aber trotz allem halte ich an einer Hoffnung fest: Solange ich am Leben bin, wird sie nicht wagen …«

Er biss sich auf die Lippe, fragte in einem anderen Ton:

»Glauben Sie, dass man mich anrempeln oder schlagen wird oder sonst etwas?«

Er sprach wie ein Aristokrat, dem die Berührung mit dem gemeinen Volk zuwider ist.

»So ein Gefängnis ist wirklich schmutzig, nicht wahr? Werde ich gezwungen sein, meine Zelle mit anderen zu teilen?«

Maigret musste beinahe lächeln. Der Blick seines Gegenübers streifte zärtlich die kostbar gebundenen Bücher, die Kunstgegenstände.

»Ich möchte wissen, wo er bleibt …«, sagte Bellamy ungeduldig. »Von La Roche braucht man höchstens eine halbe Stunde …«

Er trat ans Fenster. Trotz der Mittagszeit sah man helle Gestalten unter den Sonnenschirmen, andere badeten in den Wellen, die wie Fischschuppen glitzerten.

»Es dauert lange …«, murmelte er.

Dann:

»Es wird entsetzlich lange dauern!«

Er wandte sich zögernd zur Tür und schrie beinahe:

»Sagen Sie doch etwas! Sie sehen doch, dass … dass …«

Im selben Augenblick löste das Läuten endlich die Anspannung.

»Verzeihung … Ich bitte um Verzeihung … Sie haben ja noch gar nicht zu Mittag gegessen …«

»Ich habe keinen Hunger.«

Er öffnete die Tür, als wäre alles wie immer.

»Komm herauf, Alain.«

Bereits auf der Treppe hörte man den Richter

irgendetwas murmeln und schließlich über den Flur näherkommen.

»Was sind denn das für Sachen? Ich wollte mit einem Freund zu Mittag essen. Du kennst ihn übrigens. Castaing, aus La Rochelle.«

Ein knapper Gruß an Maigret.

»Was geht hier denn so Außerordentliches vor?«

»Ich habe den jungen Duffieux und seine Schwester getötet.«

»Wie bitte?«

»Frag den Kommissar.«

Der Richter bedachte den Kommissar mit einem wütenden Blick.

»Moment! Ich kann es nicht ausstehen, wenn man ...«

»Hör zu, Alain. Beruhige dich für einen Augenblick. Ich bin müde. Monsieur Maigret wird dich später über die Einzelheiten aufklären. Du wirst die Leiche des jungen Duffieux ...«

Ein Zögern. War es vielleicht doch nicht zu spät? Mit Alain de Folletier war ein Teil seines alltäglichen Lebens in die Bibliothek zurückgekehrt.

Er brauchte nur zu leugnen. Für seine Unterhaltung mit dem Kommissar gab es keinen Zeugen. Konnte er seine Schwiegermutter nicht ebenso zum Schweigen bringen wie die anderen?

Noch ein paar Worte mehr, und es wäre zu spät.

Und genau diese Worte formulierte er in einem

derart sachlichen Ton, als würde er nichts weiter als irgendein architektonisches Detail beschreiben:

»Bevor Les Sables die Wasserleitung bekam, hatten wir ein Wasserreservoir auf dem Dach. Man pumpte das Wasser von Hand hinauf, um die Badezimmer damit zu versorgen. Das Reservoir ist immer noch an seinem Platz. Die Leiche liegt darin.

Was das Messer betrifft, so fürchte ich, dass man es nicht mehr finden wird. Ich habe es in die Kanalisation geworfen. Kommen Sie. Schauen Sie nach links, Richtung Wald. Sehen Sie diese Wellenbewegung? Da führt das große Rohr vorbei, um jenseits des Kaps ins Meer zu münden ... Hast du keinen Durst, Alain?«

»Hör mal ...«

»Ich bitte dich ... Ich weiß nicht, wie diese Dinge gewöhnlich vor sich gehen. Ich muss gestehen, dass es mir vor Handschellen graut. Du wirst mich in deinem Wagen mitnehmen. Wenn wir in La Roche sind, wirst du mich verhören, falls du Wert darauf legst. Ein anderer Tag wäre mir allerdings lieber. Du wirst mich persönlich ins Gefängnis bringen.«

Er wandte sich an Maigret.

»Ist es üblich, ein paar Kleidungsstücke mitzunehmen?«

Er scherzte und musste sich zugleich mit der Hand auf den Tisch stützen.

»Komm schon, Alain.«

Und der Kommissar sprang ihm bei:

»Es wäre besser, Sie tun, worum er Sie bittet.«

Nun mussten sie nur noch durch den Flur, an einer weißen Tür vorbei. Maigret ging als Letzter.

Bellamy schritt zügig voran, und statt stehen zu bleiben, beschleunigte er seine Schritte, als er am Zimmer seiner Frau vorbeikam. Er sah nicht einmal hin. Er ging geradewegs die Treppe hinunter, blieb, über sich selbst erstaunt, vor dem Kleiderständer stehen, an dem mehrere seiner Hüte hingen.

Er trug einen dunkelblauen Anzug und wählte einen perlgrauen Hut, überlegte, ob er Handschuhe nehmen sollte.

Francis war zur Tür geeilt, um sie zu öffnen.

Ganz so, als würde man zu einem Spaziergang aufbrechen. Die Sonne zeichnete ein helles Viereck in die Eingangshalle und ließ den Marmor aufleuchten.

Auf der Schwelle zögerte Philippe Bellamy. Das Taxi des Richters parkte am Straßenrand. Leute gingen vorüber. Gesprächsfetzen waren zu hören.

»Fahren Sie mit, Monsieur Maigret?«

Der Kommissar schüttelte den Kopf.

Der Doktor griff daraufhin in seine Tasche, und ohne ein Wort, ohne Maigret auch nur anzusehen, drückte er ihm etwas in die Hand und ging rasch die wenigen Schritte bis zum Wagen.

Man konnte sich denken, dass der Untersuchungsrichter, nachdem er den Kommissar endlich losge-
worden war und es sich auf der Rückbank bequem
gemacht hatte, nicht umhin konnte, sich sogleich
über dieses Schmierentheater auszulassen.

Der Motor lief. Der Wagen glitt über den Asphalt.
Kurz bevor er in die erste Querstraße einbog, zeigte
sich für die Dauer eines Augenblicks ein Gesicht in
der Rückscheibe, und zwei fiebrige Augen richteten
sich auf den, der allein zurückblieb.

Als Francis sah, dass sich Maigret nicht von der
Schwelle wegbewegte, traute er sich nicht, die Tür
zu schließen. Und tatsächlich ging der Kommissar
wieder ins Haus, einen kleinen Schlüssel betrach-
tend, der ihm in die Hand gedrückt worden war,
den Schlüssel zu dem Zimmer mit den geschlosse-
nen Vorhängen, in dem nichts als der leise bebende
Atem einer schlafenden Frau zu hören war.

November 1947, Villa Kingan Place,
325 West Franklin Street, Tucson (Arizona)

Maigret
Band M67

Georges Simenon
Maigret in Kur
Aus dem Französischen von Hansjürgen Wille,
Barbara Klau und Bärbel Brands
224 Seiten, Taschenbuch
ISBN 978-3-455-00774-9
Atlantik Verlag

Eigentlich wollte Maigret lieber jung sterben, als sich an einen Diätplan zu halten, doch nun ist er auf Kur in Vichy, trinkt Heilwasser und spaziert Arm in Arm mit Madame Maigret durch den Kurgarten. Aus reiner Langeweile beobachtet er die Menschen ringsum, Boulespieler, Patienten – und die Dame in Lila, eine exzentrische Frau, die ihn fasziniert und über deren Leben er gerne mehr wüsste. Doch dann wird sie tot in ihrer Wohnung aufgefunden, erwürgt. Und Maigret stößt allzu bald auf zahlreiche Ungereimtheiten in ihrem Leben.

»Simenons Verknüpfung von
Zufall und Zwangsläufigkeit
ist genial.«
Franz Schuh, *Literaturen*, Berlin

**Maigret
Band M8**

Georges Simenon
Maigret und das Verbrechen in Holland
Aus dem Französischen von Hansjürgen Wille,
Barbara Klau und Julia Becker
Mit einem Nachwort von Tim Parks
224 Seiten, Taschenbuch
ISBN 978-3-455-00703-9
Atlantik Verlag

Auf einer Vortragsreise in Holland wird Professor Jean Duclos'
Gastgeber Conrad Popinga erschossen, und ausgerechnet Duclos
wurde mit der Tatwaffe in der Hand gesehen. Als Maigret in der
Hafenstadt Delfzijl ankommt, um seinen Landsmann durch Ermittlungen zu entlasten, sieht der Kommissar sich mit einigen
Hürden konfrontiert: Nicht genug, dass er zunächst einer Kuh
beim Kalben helfen muss, auch bei seiner Arbeit werden ihm
einige Steine in den Weg gelegt, denn zum einen will der Professor am liebsten selbst ermitteln, zum anderen sind die nieder-
ländischen Kollegen Maigret wenig wohlgesinnt. Kein leichter
Fall für Maigret, der auch mit der Landessprache zu kämpfen hat.

»Die Maigret-Romane sind höchst
verführerisch ... Es ist eine Sucht.«
Tim Parks